散步的侵略者

〔日〕前川知大 著

谷文诗 译

四川人民出版社 | 后浪出版公司

图书在版编目（CIP）数据

散步的侵略者 /（日）前川知大著；谷文诗译 . ——
成都：四川人民出版社，2020.10
ISBN 978-7-220-11919-4

Ⅰ . ①散… Ⅱ . ①前… ②谷… Ⅲ . ①幻想小说－日
本－现代 Ⅳ . ① I313.45

中国版本图书馆 CIP 数据核字 (2020) 第 117019 号

SANPOSURU SHINRYAKUSHA
© Tomohiro Maekawa 2007, 2017
First published in Japan in 2017 by KADOKAWA CORPORATION, Tokyo.
Simplified Chinese translation rights arranged with KADOKAWA CORPORATION, Tokyo through
BARDON-CHINESE MEDIA AGENCY.

本书中文简体版由银杏树下（北京）图书有限责任公司出版发行。

四川省版权局
著作权合同登记号
图字：21-2020-224

SANBU DE QINLÜEZHE

散步的侵略者

著　　者	［日］前川知大
译　　者	谷文诗
选题策划	后浪出版公司
出版统筹	吴兴元
编辑统筹	梅天明
特约编辑	董纾含　石儒婧
责任编辑	熊　韵
装帧制造	墨白空间·李国圣
营销推广	ONEBOOK
出版发行	四川人民出版社（成都槐树街 2 号）
网　　址	http://www.scpph.com
E－mail	scrmcbs@sina.com
印　　刷	北京天宇万达印刷有限公司
成品尺寸	130mm×185mm
印　　张	6.75
字　　数	118 千
版　　次	2020 年 10 月第 1 版
印　　次	2020 年 10 月第 1 次
书　　号	978-7-220-11919-4
定　　价	36.00 元

1

"呀，死掉了。"

这似乎是立花明第一次目睹死亡的瞬间。她非但没有伤心、害怕，反而觉得自己赚到了，心里不由得升起了一丝罪恶感。从捞金鱼的池子里带回来的金鱼，提在手里还不到五分钟就不动了。她知道庙会上卖的这些动物本就活不久，但这也死得太快了。

"奶奶？"

立花明不动声色地打量着祖母的脸，只见老人正直勾勾地盯着翻着溜圆的肚皮浮在水中的金鱼。怎么了这是？奶奶都这把年纪了，应该不会被死金鱼吓到了吧？对了，奶奶多大年纪来着？话又说回来，自己都是高中生了，怎么还会和祖母一起逛庙会啊。立花明看着一动不动地盯着金鱼的祖母，很是烦躁，默默在心里爆起了粗口。

"奶奶，你别发呆呀。"我这可是陪你逛庙会呢。

老人听到孙女的声音，终于有了动作，哧溜一声吸了口口水，紧接着就把手伸进扎了口的塑料袋里。

"你要干什么？"

"嗯？调查。"

什么叫"调查"？立花明听得别扭，这可不像是稳重的奶奶会说的词。

老人掏出金鱼的尸体，随手将一兜子水的塑料袋扔到了地上。泛着鱼腥味的水弄脏了立花明刚买的凉鞋，她却顾不上理会，满脑子都是祖母怎么能做出这么丢人的事来。

"哎呀，奶奶，你在干什么呀！"

立花明向路人尴尬地赔笑，一把捡起塑料袋，狠狠瞪了祖母一眼。

"生鱼片。"

老人话音刚落，下一瞬就见金鱼滑入了她口中。

事发突然，立花明来不及做出反应，只能呆呆地盯着祖母的嘴角，看她咯吱咯吱地嚼着嘴里的东西。她很快便为祖母的行为找到了一个合适的理由——"奶奶是得了老年痴呆了"。接着还有闲心胡思乱想："那金鱼是没有刺吗？"

立花明的奶奶，立花雅子（71岁），第二天早晨，用一把尖头菜刀刺死了同住的儿子儿媳，之后自杀了。

2

加濑鸣海拿着报纸在檐廊上坐了下来。六月的阳光比想象中还要强上几分，担心在外面坐久了会晒伤，她又返回了客厅。经过这一串无意义的折腾，鸣海已经没了看报纸的兴致，便将报纸随手扔在了榻榻米上。

妹妹明日美随口说道："那个案子真是惨啊。案发地离我们公司还挺近的呢。"

她说的那个案子报纸上有报道，还起了个煽动性的标题叫"残杀全家"。据说，那一家人只有还在上高中的独生女活了下来，小女孩因为精神受到太大刺激而无法开口说话了。

一个普普通通的港口小镇居然发生了这样一起凄惨的杀人案，镇上人人躁动不安。

"好像连电视台都去了呢。要不要去看看？"

"想去你就去。"鸣海知道自己话里带刺,但她确实生气了,"我现在哪儿还有工夫去凑热闹啊。"

鸣海并不是想要责怪明日美爱凑热闹、瞎起哄。但眼下的情况确实不合适。

说起来都是因为昨天那件事。

鸣海昨天接到警察的电话,说她丈夫真治被警方保护了起来,正在医院接受治疗。她当下只是"哦"了一声。鸣海的确已经有三天没看到真治了。她收到一条绝密情报——真治和一个年轻的女孩子一起在逛庙会。鸣海心想:"就是因为这个他才不回家的吧。"便不再去管他。不去管他?说得好听,其实不过就是自欺欺人罢了。"算了算了,大家都是成年人了。他吃了苦头就会回来了。"反正被扔下不管的又不是我。

结婚三年,鸣海对于这类事情已经有些麻木了,她叹了口气,如果是别人家,丈夫三天没回来,甚至连一条短信都没有,妻子肯定会担心吧。

"总之请您先到医院来。"

看吧,还是吃苦头了吧。

鸣海被带到一间六人病房,她多少松了口气。看样子真治还没到要死的地步呢。"真治。"鸣海话音刚落,真治便倏地睁开了眼睛。他的手腕上还插着输液管，两只脚腕上缠了好几圈绷带，面色有些憔悴。鼻尖也擦破了皮，红彤彤的，像一只驯鹿，居然有点可爱。

红鼻子的真治一副呆头呆脑的样子，鸣海又问了一遍：

"真治，你没事吧？"

真治还是那副呆呆的表情：

"啊，我知道你是谁。嗯……加濑鸣海女士，对吧？"

鸣海听到这句话，简直恨不得杀了这家伙，然而却还是规规矩矩地回了一声"是的"。这令她心里顿时升起了一种挫败感，于是她重新拿出气势问道：

"别开玩笑了。发生了什么？"

她尽可能地让自己的语气显得严肃认真。或许是终于了解了当下的气氛，真治也一脸认真地回答道：

"你的问题太过笼统，我想回答也没办法回答。你能指定一段时间吗？还有，我一句玩笑话都没说过。"

"真治，你适可而止啊。"鸣海注意到身后的医生一直在关注着他俩，便努力让自己的语气更温柔一些。

最近他们两个人的关系确实不太和谐，但也并不是眼下这种状况。鸣海知道，真治不会开这种过分的玩笑。

"那……你生气了吗？如果你生气了，我向你道歉。"

道歉？你向我？你确实应该向我道歉，你犯的错多着呢。搞什么鬼，你这个眼睛亮晶晶、鼻尖红彤彤的笨蛋。于是鸣海脱口而出：

"那你道歉吧。"

"对不起。"真治立刻回道。

鸣海听得出来，这句道歉里没有一丝歉意。自己这副样子真是太蠢了。她将视线从真治身上移开，旁边的医生询问道：

"感觉如何？"

医生你这个问题问得也太不合适了吧？

"怎么说呢，他的性格变了。"

大脑受损。医生说这就是真治性格改变的原因，接着又含含混混地解释道：

"他没有出现麻痹或是瘫痪的情况，而是性格发生了变化，从这一点来看，应该不是血管性脑损伤。可能是阿兹海默症。可无论是这两种中的哪一个，一般来说脑 CT 片里面都能看出脑萎缩的情况……"

真治做了头部 CT 扫描，CT 片里显示出一个圆圆的截面，白色的头盖骨里填满了脑浆。像什么来着？对了，像鲤鱼甘露煮。鲤鱼甘露煮是将鲤鱼横着切成一段一段，圆圆的切面可以看到内脏和骨头的位置。鸣海只要一遇到什么严峻的场合，就会习惯性地去想一些完全无关的事情。小的时候大人们看到她神游天外会训斥几句，可她依旧心不在焉。现在成年了，她可以一脸正色地辩解说"这种行为是一种守护自己内心的防卫本能"了。自己第一次吃鲤鱼甘露煮，应该是和真治一起去长野旅行的时候吧。

"加濑太太？"

鸣海的思绪差一点就要飞到长野去了，医生的声音又将她拉回了现实。其实，医生说的事情非常严重。如果是阿兹海默症，今后大脑可能会开始萎缩。特别是年轻病患，病情会发展得更快，现阶段根本没有有效的治疗方法。

"那应该怎么办才好呢？"鸣海问道。

医生告诉她，现阶段只能观察，鸣海必须要做好"心理准备"。

心理准备。我要是有那种东西，才不会翻来覆去地问你那几句废话。哎，要是早点和他分手就好了，现在离婚也太不是人了。"心理准备"这个词在鸣海脑中不断回响。

丈夫貌似失忆，此时突然提出离婚，似乎有些卑鄙，可他已经完全变成了另外一个人，自己还能继续爱他吗？但鸣海很快又意识到，最近他们两个人之间已经没有了"爱"，可自己也并没有因此而认真考虑离婚的事情。

鸣海的脑子里不断地冒出各种不同的心理准备，它们仿佛都在指责自己优柔寡断。啊，真麻烦。

"加濑太太？"

"啊，什么事？"

鸣海回过神来，看到刚刚还在身边的医生正要走出办公室。他应该是要去真治的病房，看来没必要住院。

"请问，真治……我丈夫，他在这三天里都做了些什么？"

也许这个问题应该去问他本人，但鸣海并不想去问。

"这个嘛，您丈夫说他在散步。有好心人把他带到医院来。对了，他当时手里好像拿着金鱼呢。就是庙会捞金鱼摊子上的那种。"

3

　　这座港口小镇面朝日本海而建，距离陆地并不是很远。但却没什么发达的产业，居民生活平淡质朴，庙会当天的祭典算是小镇居民们为数不多的娱乐活动之一。庙会之后马上就是海水浴场开放的日子。小镇的沙滩含有很多铁矿砂，吸收海水之后，会变得像沥青一样又黑又硬，完全没有休闲度假的气氛，它也因此而出了名。不过这种沙子似乎很适合堆城堡，当地的孩子们都还挺喜欢到沙滩上来玩耍的。夏日的早晨在沙滩散步，到处都是孩子们堆的城堡和城下町①，好像正在挖掘中的历史遗迹一样。

　　从海边出发步行差不多二十分钟，就能看见一条商

———————————————

① 城下町：以封建领主的居城为中心，在其周围发展起来的城镇。——编者

店街，有一半的店铺都关着卷帘门。可能是由于受到郊区大商场的冲击吧。地方小镇常常能看到这样的情景。

穿过城区，进入内陆不久，就到了自卫队的驻地。这半年来，城里跑来跑去的汽车中，自卫队军车的数量骤增，它们的车牌上没有汉字也没有假名，只是一串简单的数字，即使车型普通，也一眼就能看得出是军车。这些周身萦绕着特权气息的军车，有时候会组成十辆一组的车队，穿过狭窄的国道。最近，日本和海对面邻国的关系越发紧张，所以自卫队的驻地才一改往日面貌，变得忙碌起来。

从上个月起，美军的航母就一直停在港口。当地的渔民为此多次抗议游行。可近年来已经没有年轻人愿意当渔民了，渔民数量越来越少，剩下的都是些老家伙，他们的声势太弱，根本传不到日本本土去。

电视上一连几天都在播放日本和邻国的紧张局势。新闻节目中有时会出现这个小镇，居民们都对此隐隐感到不安。

小镇在地理位置上是一个战略据点，除了自卫队和美军，还有许多媒体闻风而来。现场采访记者樱井就是其中一个。

原本先搭飞机再转电车只需要五个小时，但樱井却花了十四个小时的时间从东京坐卧铺过来，这并不是因为他害怕坐飞机，只是一直想坐一坐卧铺火车罢了。樱井站在车站前，抬起双手大大地伸了个懒腰，这里比想象中还要冷清。十四个小时的卧铺真是太累人了。他在车站的售货亭买了一份体育报纸，便向出租车站走去。

上了出租，樱井正打算翻翻报纸，司机张口搭话：

"这个世道是要变成什么样啊。"

樱井不知道司机在说什么，有些发愣，司机见他这副样子，也不顾自己正在开车，扭头冲着后排的樱井抬了抬下巴："这不，我说的就是这篇报道。"报道中说，有个老妇人杀了自己的儿子儿媳，之后又自杀了。案发地就是这个小镇。出于职业敏感，樱井一听就知道自己遇到了大新闻，不禁暗想："这可真是老天爷赏脸撞大运啊。"

老司机看上去七十多了，表情似乎有些开心："我呀，还认识那老太太呢。所以听说这事之后才更是吓了一跳。"樱井正打算继续问几句挖掘素材，就听见老人得意地问道："出事的房子就在这附近，要不要去看看？"俨然一副带人游览景区的架势。真过分啊，樱井心中感慨，不过自己做的事也和他没什么大的区别。他早就过了为这种事烦恼的年纪。

"那去看看吧。"樱井做出一副感兴趣的模样。

司机得意扬扬地打了方向盘，他的腮边还粘着纸巾的碎屑，那纸屑无声地激怒了樱井。樱井深深地吐了口气，转头看向窗外，恰好看到一副奇怪的场景。

两个男人面对面站在路边，均是一副呆若木鸡的样子。就在出租车即将从他们身旁开过的时候，背对着樱井的男人突然膝盖一弯跌坐在了地上。樱井的脑海中开始慢动作回放刚刚的情景。

"请停一下！"

樱井并不知道发生了什么，但直觉告诉他事情很糟糕。那个男人可能被刺伤了。他慌慌忙忙地付了车钱，下车向后跑去。

或许是因为刚刚看了那篇报道，他才会觉得男人被刺伤了。樱井跑到两人身旁，却发现并没有发生什么伤人案件。那个跌坐在地的中年男人，在流泪。

"您怎么了？"

樱井问道，心中却有些后悔，"自己可能完全只是介入了一场私人间的交往"。不过一个成年人大白天在众人面前崩溃大哭，确实奇怪。

"诶？不好意思，我这是怎么了？"

男人因为自己的眼泪有些不安，他掩饰性地笑了一下，立马慌慌张张地跨上停在一旁的自行车，骑远了。

樱井看着剩下的另一个男人，若有所思：啊，这一位才是重伤员呢。

男人看上去同樱井年纪相当，应该也是三十几岁。一双天真无邪的眼睛定定地望着樱井。上身是尖领系扣衬衫，下身一条脏兮兮的休闲裤，光着脚。脚后跟被鞋磨得厉害，都渗出血了。脚掌擦破了皮，右脚小趾的指甲也没了。手里拿着金鱼，看样子是在捞金鱼摊子上得的奖品。脸上挂着傻乎乎的笑容。

"请问，您这是在干什么？"

樱井小心翼翼地问道。

"我在散步。"男人说话倒是口齿清晰。

散步散到脚成了这副模样，这到底是在玩什么惩罚游戏？

"您的脚，不疼吗？"

"疼自然是疼的，但是作为实际体感而言还不够呢。"

这家伙在说什么？樱井有些困惑，还在想怎么回复时，男人继续说道：

"冒昧问您一件事，这个人，您认识吗？"

他一边说一边将手中拿着的塑料袋提起来给樱井看。人？樱井暗想：这是在向我抛梗？

"嗯……这个是……金鱼。不是人啊。你要找的那种像金鱼的人，会不会是在宠物店里呢？"樱井居然还一本正经地回答他。

"这样啊。他应该是到别处去了吧。"

男人一脸纯真地望着金鱼。樱井见此又镇定下来，心想：啊，原来他是这样的人啊。接着用哄孩子的语气问道：

"嗯……你知道自己的名字吗？"

"嗯。我叫加濑真治。"

男人淡定的语气让人听得有些不舒服。

樱井还是不放心，便问他是需要到医院还是警察局。

"您来决定就好。"

你别全都靠我啊。"那，先去医院吧。"樱井干脆地说道，便开始四下寻找出租车，但是总也打不到车。他的伤离要命还远着呢，再等等吧。樱井从夹克衫的内兜取出了烟，抽着抽着偶尔瞥一眼真治，发现他还在看那条金鱼。

"啊，还有，你那条金鱼，死掉了哟。"

没有反应。

樱井有些怔忪，自言自语道："这个小镇，怎么这副样子呀。"

4

鸣海开着刚买不久的本田微型车，将真治从医院带回了家。坐在车里的时候，真治就对放在挡风玻璃前的毛绒玩偶特别感兴趣，一直在摆弄。

"这个是什么呢？"

那是明日美玩抓娃娃机拿回来的奖品。鸣海不清楚他是不知道什么是毛绒玩偶呢，还是单纯地想问这个玩偶是什么动漫角色。鸣海心想：要是连毛绒玩偶都不认识可就是重病了，那应该怎么回答呢？好好一个成年人，告诉他这是"毛绒玩偶"，会不会不太礼貌啊。用对待病人的方法对待一个病人，病人是会生气的。但现在是在聊天，回一句毛绒玩偶应该不奇怪吧。话说回来，我对自己的老公是不是也太小心翼翼了。

"那个呀，是毛绒玩偶。"

不错，应该回答得很自然。

"我知道它是毛绒玩偶。"

原来你知道啊！鸣海控制住自己想吐槽的心情，继续温柔地回答道：

"它是加命蘑菇。"

啊，太奇怪了。自己说"加命蘑菇"的时候口气居然那么温柔，真是太怪了。结果，鸣海又不得不接着解释那个蘑菇具体是什么。她说到那个蘑菇是在任天堂公司的超级马里奥游戏里出现的道具时，还很顺利。但说到"马里奥增加一条命"相当于"又增加了一个马里奥"的时候，真治却无论如何都无法认同，一直揪着一个疑点不放："同一个人物怎么可能又增加一个呢？"鸣海怎么都解释不清楚，只好说道："真治你应该玩过游戏吧。"

"我确实知道马里奥，但'马里奥'并不是一个人的名字，比如说，它也许是一个种族的名字呢？"

马里奥族！鸣海忍不住大笑起来。要是有这个种族，它们就是人类的敌人了。

真治面无表情地盯着鸣海哈哈大笑。他生气了？鸣海止住笑意。真治一向自尊心强，讨厌别人笑他的错误，特别是被鸣海笑话。但那是过去的真治，眼前的他像孩子一样充满了好奇心，只是在等问题的答案罢了。

"嗯。马里奥族……依靠蘑菇增加人口。"

啊,给他灌输了错误的知识。自己是不是有点坏心眼啊。但是要和他解释"增加一命"这种游戏中特有的概念真的太难了。

"原来如此。谢谢您。"

毫无意义的对话。黄灯亮了,鸣海一脚踩下油门。

眼前的真治和过去的他完全不同。为什么说敬语?你原本不是非常大男子主义的吗?今后不得不正视的"现实"掠过心头,鸣海突然觉得喘不过气来。本想打开车窗,可按下按钮才发现,降下的是副驾驶一侧的窗子。啊,按错了。车窗完全降下只需短短两秒,鸣海却在这两秒之内失了魂,等她回过神来,发现自己已经把车停在了路边。路上没有多少车和行人,周围一片寂静。鸣海熄了火,车内只有双跳灯一闪一闪的声音,愈发衬托得周围格外静谧。两个人都保持着刚刚开车时的姿势,直直地盯着前方。视线毫无交汇。鸣海开口问道:

"你,是谁?"

"我是加濑真治。"

他说的也没错啊。鸣海不知道该如何与他相处。明明自己早已经习惯这种肤浅的对话了呀。对于真治的谎言,鸣海已经习惯装作毫不知晓了,可她知道,眼前的这个真治,并没有说谎。

"我，是什么？"

"你是加濑鸣海。"

谢谢你告诉我啊。但我要问的可不是这个。

"我，是你的什么？"

"不好意思，我不是很清楚你提问的意图。"

鸣海知道，他应该没有在开玩笑，但心里还是忍不住蹿火。

"我是你的老婆、夫人、配偶、妻子！知道了吗？这才是我想听到的答案。"

鸣海下意识地去观察真治的表情。安全带绷得紧紧的，压着她右侧的锁骨。……真是白费力气。真治毫不犹豫地回道："当然啊。"脸上没有一丝波动。

鸣海解开碍事的安全带，将座椅靠背放平，躺了下去。真治看上去如此冷静，两相对比，简直就像是她在为了一点小事故意发火、胡搅蛮缠似的。太狡猾了。鸣海觉得自己现在整个就是一副撂挑子不干的模样，不由苦笑。明明她才是必须要振作起来的那一个。

真治模仿鸣海的样子，也放下椅背躺了下来。安全带还没解开，就那样撑在半空，发挥不了任何作用。鸣海上前帮他解开，真治一脸不可思议地看着安全带嗖嗖缩回汽车内壁。简直像个孩子。两人面对面躺在放倒的座椅上。双跳灯还在咔哒咔哒地一闪一闪。

"这是遭了天谴。"

话出口的瞬间,鸣海感到自己的手心缓缓沁出汗来。她在害怕。

——害怕?害怕什么?

"'天谴'是什么呢?"

真治问出的一连串令人感到无力的问题,将鸣海的大脑从那件她不愿去想的事情中解救了出来。无论如何,眼前的这个人是真治。一个新的真治。

"首先,别再对我用敬语了。"

"嗯,知道了。我这么说可以吗,鸣海?"

天啊,我不是让你撩我好吗。

话说回来,他居然这么简单地就改变了说话的方式?这适应能力也太强了吧。

"可……可以啊。"

鸣海强装出一副从容的样子,其实完全就是不想服输,想表示事到如今主动权是掌握在自己手中。她突然想到一件事,不过真要说出口还是需要一点勇气。

"小真。我喊你小真可以吗?"

"可以啊。"

我赢了。

鸣海暗想,这也太容易了,早知道不应该问他,直接说我要喊你小真就好了。她之所以这么做,是因为真治很讨厌被叫作"小真"。有时候鸣海没留神在别人面前喊了他一声小真，他就会露出一副厌恶的神色。真治解释说是因为小真这个称呼听上去太像小孩子了，所以自己才不喜欢。可在朋友和家人面前有必要那么端着吗。鸣海也没打算去理解这种男性特有的自尊心。因为自己就是想要喊他小真呀。

"小真。"

"嗯？什么事？"

不错不错，感觉真棒。鸣海心中窃笑。

鸣海忽然想起当前事态的严重性：我是白痴吧，居然因为这点小事开心。真治究竟得了什么病，今后病情会进展到什么程度，目前谁也不清楚。如果得的真是早发型阿兹海默症，总有一天他会连鸣海也认不出来。鸣海心道：他这是被重启了啊。说实话，她还没有做好心理准备和真治一起对抗病魔。但从现在开始，她必须要和这个崭新的真治建立一段崭新的关系。喊他"小真"就是第一步。

"小真啊，你听好啦。从现在开始，也许到我死掉为止，我都必须一直照顾着你。所以，你只要知道一点就好，我是你的妻子，今后无论发生什么，我都会在你身边支持你……我们一起加油吧。好不好？"

总之，过去的一切都已经重启了。无论是对于真治还是鸣海自己。

"鸣海，你是个好人。我只拜托你一件事。"看到真治靠了过来，鸣海有些紧张。结婚这么多年还会因为丈夫离自己太近而感到紧张，说起来真有些不好意思，但实在是因为这个新真治说话太难预测了。

"你，能做我的向导吗？"

什么？

真治继续说道："成为我的同伴吧。我正好在找人当向导。"

向导？那，是要去哪里？你到底在说什么啊。鸣海还在想要怎么回答，真治突然握住了她的手，将她的手包在了自己的手掌中。他的掌心光滑干燥，比鸣海的体温略低。真治出人意料的举动和肌肤上微凉的触感，一下子让鸣海无法思考。他自己则像是有了什么重大发现一般，兴奋得手舞足蹈。

"没错！真是太棒了！我要选鸣海当我的向导。那我们今后就可以一直在一起！"

真治的表情与往常不同，生动又有活力，鸣海已经很久没有从他的脸上看到过了。三天前的真治，方才说着敬语的真治，现在眼前的真治，每一个都略有不同。向导。虽然不知道他说的是什么，但她现在也顾不得那么多了。"今后永远在一起。"听上去真甜蜜啊，可鸣海却反而感到一丝冷淡和疏远。

"嗯，是呀。"

她轻轻回握住真治的手。

两人竖起座椅，鸣海点火发动车了。诶？这是哪儿来着？鸣海不知不觉绕了远路。啊，想起来了，刚刚心里盘算着要不要和父母、妹妹聊聊真治的事，方向盘一转就朝着和家相反的方向开出去了。这是开出去多远了啊。

鸣海关了双跳灯，确认后方有没有车子。真治好像可以自己动手系安全带了，他手里依然抱着那只蘑菇玩偶。鸣海莞尔一笑：真治之前可不是这种性格呢。

接下来不再绕路了。她稍微冷静下来一些。崭新的本田微型车载着两人飞驰而去。

5

　　鸣海住的地方与娘家差不多隔了几百米，是一栋独门独户的小房子，四居室，原来是她的伯父住在这里。父亲认为房子没有人住会受损，于是在鸣海结婚后，就马上安排夫妻俩搬到了这里。对于真治这个入赘女婿来说，岳父作出这种安排，他无疑是心怀感激的，但这个房子房龄四十年，实际上已经伤痕累累了。父亲说房子可以自由翻新，鸣海就被他这种大方的表象欺骗了。眼下，她正在和父亲商量能不能请他帮忙付一半的翻新费用。

　　"姐姐，院子里疯长的那个是什么？薄荷？"

　　明日美拨弄着有些脱落的美甲，随口问道。

　　"是苹果薄荷。你想要可以带走一点。"

　　听说薄荷很好养，鸣海就在春天的时候种了一点，结果长得太多，根本用不完。明日美还住在娘家，自从两周前母亲生病住院，她比以前来得更勤了，整天泡在鸣海家。

"菜里面加了香料，爸爸就会剩下不吃。连迷迭香都不行，说是有怪味。他是小孩吗？"

明日美说完，便从檐廊伸出手，揪了几片薄荷叶闻了起来。虽然叫苹果薄荷，但却并没有闻到苹果的香气。她用鼻子哼出一口气，想把薄荷叶吹到院子里，可是逆风，于是叶子又晃晃悠悠地落到了屋里的榻榻米上。

"你有好好做饭吗？"

鸣海拾起掉落的薄荷叶问道。

"只要有肉，做什么爸爸都吃。"

鸣海知道虽然明日美看上去吊儿郎当的，但实际办起事来非常认真。所以母亲虽然不在家，她也不是特别担心。

"说起来，姐夫这是怎么了？要让他和爸爸见见吗？"

鸣海虽然没打算隐瞒，但是也还没有和父母说过什么，包括真治失踪三天的事情。最近和父母一聊到真治，就是简单的两句对话——"真治很忙吗？""嗯，好像是。"可能是因为父母也察觉到两个人感情出问题了吧。虽说母亲只是因为疝气住院，但大小也算是个事。鸣海不想在这种时候还让他们分心在意自己。

"嗯，我想着再看看情况。猛地一见面说不定妈妈会吓得瘫在地上呢。"

"你这个笑话可不好笑。"

其实，鸣海并不喜欢大家把这件事看得很严重。病名还不知道是什么呢，不就只是个性变了而已嘛。

"说的也是。不过，我喜欢现在的这个姐夫。很可爱呀。"

鸣海不知道怎么回应"可爱"这个词，正想着，真治走进了客厅。网购的竹帘发出嘎啦嘎啦的声音。

"姐夫好。"

"啊，明日美你来啦。慢慢坐呀。"真治说着便在榻榻米上坐下，探身拉过来一个坐垫。他的动作看上去非常自然，但鸣海还是注意到了一个问题。

"应该叫明日美妹妹吧？为什么直接叫名字啊。"

明日美也着实吓了一跳。昨天真治从医院回来的时候，对自己的态度就像是第一次见面的人一样。

"啊，没错，是明日美妹妹啊，明日美妹妹。"

如果大脑出了问题，记忆自然也会出问题。主治医生说过，如果病人自己意识到自己生病了，也有可能会下意识地做出一些举动，表示自己很了解情况。真治现在的言行举止很多都和之前不同，但也没发现他有要掩饰的迹象。"我给你沏点茶吧。"鸣海说着就向厨房，或者可以说是灶台的方向走去。

十三平米的客厅和十平米的厨房之间隔了一扇木质的推拉门。翻修房子的时候，鸣海打算过把墙打通做一个开放式厨房，但一看报价单，这个梦就啪地一下破了。考虑到自己手中的存款，她最终决定换一个装修的方向，体现出木质老房子的魅力。所以才会在屋子里留下矮脚饭桌、桐木的老衣柜和一台没有来电录音功能的黑色电话机。鸣海坚称自己家的装修概念是日式古典风格。

"那个，你知道我是谁吗？"

明日美问道。这个问题与其说是出于担心，感觉更像是在捉弄人。

"知道。我已经没事了，你不用担心。真的。"

真治昨天刚从医院回来时，表情还很少，经过一夜的时间，现在已经可以重新对人客气地笑了。明日美放心了，但还是觉得缺了点什么。

"如果有什么不明白的事情，都可以来问我啊。"

"那我可以问一个问题吗？"

真治回应得极快，语气也稍稍变得强硬，明日美有些惊讶。真治继续问道："明日美妹妹，你是我的什么？"

啊，这个人脑子果然还是不行。明日美心想。"那个……应该是妻妹。"

"不好意思，我没有妹妹。"

"你这话对我还真是个小打击。"

嘴里虽然这么说,但她知道姐夫要表达的是什么。他应该是把"妻妹"当成了"妹妹"来理解。

"你看,我们是家人吧。"

"家人。"真治重复道。

"啊,你连'家人'也不知道吗?怎么说呢,就是血缘关系,哎呀,这么一说好像更麻烦了。"

"不麻烦。家人,血缘。嗯。这一点非常重要啊。你继续说。"

真治将手握拳撑着下巴,看上去像是"思想者"的雕塑。但思考的问题却是最基本的常识。看着真治在那里冥思苦想、白费功夫,明日美忍不住笑起来。

"所以呢,我和鸣海是同一对父母生的,鸣海是我的姐姐,而你呢,和我姐姐结婚了,就是我的姐夫。我的妈妈呢,就是你的岳母。爸爸就是你的岳父。这就是家人啊,对吧?"

"哦,原来如此。"

明日美虽然没感到什么不快,但还是觉得自己这样认真解释有点傻。

"这样啊,是妹妹。血缘。还有家人。这些人就是亲戚吧。"

"没错没错,就是亲戚。你理解了吗?"

明日美正打算说"那这个话题就结束了"，可还没张口就一下子仰面跌坐在榻榻米上。她看到吊在天花板上的尘絮晃来荡去。亲眼看到了真治的症状后，她心想：这还真不是笑一笑就能解决的事啊。

"我确认一下。可以吗？"

真治的声音响起，他的脸也一下子进入了明日美的视线。确认？

真治身体前倾，直视着明日美，他的眼神中透着认真，还带着一丝奇怪的压力。

"鸣海，是你的什么？"

明日美感觉到的不是麻烦，而是有一点可怕：

"姐、姐姐。"她听到自己的声音有些变调。

"'姐姐'是什么？"

真治强势、清晰地询问道。明日美心生恐惧。

真治就像是一个数学家，仿佛马上就可以接近那个自己花费一生心血研究的公式的答案。他的目光焦虑又充满着期待，渴望着明日美的回答。明日美像是被吸入了他的双眼中，甚至产生了一种错觉，好像自己真的掌握着什么重大的秘密一样。

可真治刚刚已经问过一次这个问题了，明日美觉得自己的回答也只能是重复之前的答案。尽管如此，她还是想方设法地做了解释。真治的视线落在明日美身上，令她肩头如压了千斤重物一般。她看到，真治那漆黑发亮的眼珠里，瞳孔一点一点地扩散开了。

"谢谢你。那我就收下了。"

真治话音刚落，明日美便从千斤重压之中解脱了出来。那感觉就像是身体有一瞬间轻飘飘地浮起，之后又从一厘米高的地方掉了下来。

她仰面躺在地上，"啊"了一声，似是在回应也像是在叹气。她不知为何感到疲惫，恍恍惚惚地想着："我刚刚是在干什么来着？"闭上眼睛，有泪水溢出眼眶，流进了耳朵里。明日美在哭。"诶，我怎么哭了？"她有些讶异，自己也不知道究竟是在为何流泪。

鸣海把咖啡放在托盘上端着走出厨房，看到泪眼婆娑的明日美，疑惑道："诶，怎么了？发生什么事了？"

"小真，是不是你说了什么过分的话？"

明日美含含糊糊地回道："啊，没有没有。不好意思，我这不是带着隐形眼镜嘛，可能有脏东西进眼睛里了，流点眼泪把脏东西冲出去。"说完就站起来离开了客厅。

鸣海本想开个玩笑，可没想到明日美是一副心神不宁的模样，便忘了开口打趣她。

鸣海跪坐着把咖啡摆在小矮桌上，之后也没站起来，就那样手里抱着托盘跪着。

她突然想起来咖啡里还缺了点什么，便对身后的真治说道：

"小真，拿一下牛奶。"

她听到真治走动的声音，继续说：

"那孩子今天是怎么了？你和她说什么了吗？"

鸣海向后仰了仰头，却看不到真治。

"对不起。我不知道她对你很重要。"

真治的声音听上去充满了悲伤。他说这句话的时候，是什么表情呢？

"小真？"

鸣海转头去看，依然没有看到真治，只听到"啪"的一声关冰箱的声音。

6

　　远处传来喷气式发动机的轰鸣，越来越近，嵌在木质窗框里的薄玻璃被震得咔哒咔哒直响。老旧的民宿一派萧瑟景象。樱井睁开了眼睛，比起飞机发动机的声音，他更在意玻璃的震动声，咔哒咔哒的让人心里发毛，无法安睡。天上飞的应该是美军的战斗机吧。樱井向外看去，窗户框出的那一小片天空中并没有飞机云的痕迹。

　　出差的第一天就卷进了一场麻烦，这可真是个好兆头，樱井索性退了之前预定好的商务酒店，住进了这家民宿。樱井一直认为在好的时机出现在好的地点也是记者的本事之一，所以有时候会故意改变原定计划，试试看能不能碰上好素材。他也确实因此偶然赶上了几件大新闻。在民宿里住一晚，就算除了令人发毛的诡异声响外再也遇不

到其他事情，也没什么坏处，至少这种愚蠢可笑的行为也
能成为素材。

其实不含早晚餐的民宿一晚上的价格和商务酒店差
不多，按理说住哪里都可以。但是这家民宿唯一也是最大
的问题，就是没有网络。这里完全没法上网。樱井在订民
宿的时候完全忘记自己必须要用到网络了。

屋内有些昏暗，樱井将笔记本电脑放在身前，抱膝
而坐，无计可施。昨天晚上，他开着电视，又和东京几位
相熟的主编、记者朋友打了电话打发时间，民宿的电视也
是那种必须投币才能使用的机型。樱井翻着手机上的联系
人名单，开始自省：我难道是一个害怕寂寞的人吗？正在
这时，他听到了一件有趣的事情。就是之前报纸上看到的
那起小镇杀人案。老太太将儿子儿媳一通乱捅之后，自己
也自杀了。

据说这案子颇有几点奇特之处。一个七十一岁的老
太太能在肉搏中制服壮年的儿子儿媳就已经足够惊人，而
之后她自杀的方式更是不同寻常。听说是把自己活活解剖
了，这可不是一般人能做得出的，她究竟为什么要这样
做，真是令人匪夷所思，找不到一个合适的动机来解释。

她腹部是用菜刀和厨房用的剪刀划开的，切口四四
方方，就和铁臂阿童木胸前的小窗口一模一样。小肠被拽

出了大半，旁边散落着原本位于小肠周边的一些脏器，老太太就在这种状态下失去了意识。有人说老太太死去的姿势，就像是购物袋底漏了，买的东西撒了一地，而她在把这些东西归置到一起似的。

验尸官也是满心疑惑：人类应该无法在没有麻醉的情况下这样对待自己的身体，普通人连砍自己手腕都会下不去手的。

厨房已经成了一片血肉之海，除了老太太，还有其他两具尸体，都是被解剖了一半。这景象简直就像是孩子为了好玩把昆虫肢解得七七八八一样。

老太太十六岁的孙女是这场惨案中的幸存者，目睹了案件的整个过程。虽然她指证这一切都是祖母做的，但警方也不能就此完全排除老太太死于他杀的可能性。

救援人员赶到现场的时候，孙女立花明正静坐在屋内一角，精神恍惚。救援人员小心翼翼地出声询问，她回答说：

"对不起。我没想到事情会变成这样。"

变成什么样？先不提这个切腹狂魔老太太，樱井对小姑娘说的话也很在意。那句话明显和案件有关系。虽说之前也曾有人因为烤肉的手法问题和人发生争执，冲动之下捅死了家人，但这个老太太也不至于为了早餐吃什么这种小事就杀了儿子和儿媳。不是所有找不到动机的案子都有令人毛骨悚然的真相。老太太可能只是因为谵妄或是痴呆引起精神错乱才杀了人，而小姑娘的那句话才是真的令人琢磨不透。樱井挂了电话，脑子里一直琢磨着那句回答，怎么也无法释怀。

小姑娘立花明现在就在这个小镇的医院里住院。

樱井提前从民宿退了房，到自卫队驻地周围去踩点调查。初夏的上午不冷不热，温度刚好，略带海水气息的清风拂面，令人神清气爽。太阳已经升得很高，樱井打算先到小饭馆吃点东西。街面上吃饭的地方少得可怜。他进了一家没有什么当地特色的拉面店，电视恰好在播放关于那场杀人案的新闻。樱井正打算就着这个话题和店主聊聊，对方却换了频道。店主看上去四十来岁，穿着一件像打底秋衣一样薄透的V领T恤，可以看到乳头，实在是令人食欲大减。樱井错点了天津饭和迷你拉面套餐，一点也不好吃，真是浪费了自己宝贵的早午餐时光。

樱井返回车站前，找了一家用水泥砂浆建的周租公寓存了行李，又出外漫无目的地闲逛。原本的确只是打算闲逛，然而他逛着逛着，立刻就意识到自己走到了他记在日程本里的立花家的地址。

樱井觉得这个房子笼罩着一层不可思议的、独特的氛围，虽说是知道这里发生了灭门惨案后，才会产生这

036

种先入为主的观念，但的确很多人都察觉到这里有一种不祥的气息。樱井一走到这附近，立刻就能感觉到哪一家是立花家的房子。这个住宅区街道两边都是带院子的独户住宅，一眼看过去，只有立花家的房子像是模模糊糊地罩在一团青色的火焰之中。屋子前有几个媒体从业者，比樱井想象中的要少。门上贴着"禁止入内"的黄色胶带，蓝色塑料篷布一直铺到玄关，营造出浓浓的"犯罪现场"的氛围。

樱井原本没有想要来这儿做些什么。他正要点烟，刚好看到有辆车停下来，有人将头伸出车窗大声起哄。樱井心想，自己虽然自认为是出于媒体人的使命才出现在这里，可在旁人看来，也不过是一个起哄看热闹的人。樱井一直是个看到有意思的事就想要插一脚的性子，但这次的案子却似乎没什么能让他介入的缝隙。

他回想着自己收集到的关于案件的一些模糊信息，忽然和一个同样站在立花家屋子附近的少年对上了视线。少年看上去像是大学生，不，更像是高中生。他慢悠悠地向樱井走来，低腰牛仔裤上别着的钱包链发出哗啦哗啦的声响。

"你和立花明有关系？"少年突然开口问道。

"不，没什么关系。那么你呢？"

少年没有回答樱井，反而是提出了个奇怪的问题：

"'你呢？'的后面是什么？把话说完好吗？"

"哦，你呢，是立花明的朋友吗？"

"不是。不过我想见见她。你觉得我应该怎么做？"

少年非但没有用敬语，口气还有点居高临下，他究竟是什么人？比起不快，樱井更多的是好奇。

"其实我也想见见她，应该怎么办呢？"

虽然对这个少年一无所知，樱井还是凭直觉嗅到了一丝有趣的味道，他开始观察少年的态度。

"你是成年人吗？"

"我觉得自己是成年人。"

"到底是不是？"

"我是成年人啊。"

"我就比较惨，还是个孩子。你的职业呢？"

樱井解释说自己是一个自由记者，前几天刚到这个小镇。少年将樱井的情况描述为"见多识广的外乡人"，好像很喜欢他的境遇。樱井感觉少年看着自己的时候像是在心中默默地评估打分，忽然，他第一次在少年的脸上看到了类似微笑的表情。

"不错，你就是我要找的人。请做我的向导吧。"

"向导？"我才是需要导游的外乡人吧。还是他想当作家，难道是要做我的徒弟？不对不对，他这话到底是什么意思？

"我们俩目的是一样的对吧？签订契约做我的向导，我也会尽己所能去帮你的。你想要新闻，没错吧？"

少年一副老成的口吻，和他那副天真无邪的面容好不相称。然而，樱井听了少年的一番话后，却在他身上感受到了一种不可思议的魅力。他并不觉得少年是在戏弄自己。樱井避开过路的汽车，走到路边的背阴处，刚刚还没觉得有这么热，他用手擦了擦脖子后的汗。

"还签订契约，你是什么？恶魔吗？"

"恶魔？我不知道它长什么样子。我自己算是外星人吧。对别人要保密哦。"

他说自己是外星人？

他是从宇宙哪里来的？该不会是医院吧。樱井问少年叫什么名字。

"天野。"

好普通的名字。还是说这是某个星系的名字？

"你是天野……星人？"

"和行星的名字没关系。"

樱井心想，少年说话的时候毫不犹豫，怕是已经深陷自己妄想出的世界之中，但他又直觉少年并不是发疯，打算再问几个问题探探他。

"好吧。天野是吧。我是樱井，请多关照。你说的向导，应该不是要把灵魂卖给你吧？"

"当然不是啦。不过在这个世界，很多事情有职业的成年人办起来更快。所以和你这样的人一起行动更方便。或者也可以称为监护人。"

这个自称是外星人的少年好像很讨厌麻烦事。他就出生在这个地球上，在当地的美容专科学校上学，十八岁。天野告诉樱井，这些都是"没有意义的信息"，还将自己的学生证和驾驶证递给了他。少年说，自己虽然没见过立花明，但看了报纸之后就有直觉感到她是自己的同伴。少年的同伴自然也是外星人，他们一共三个人来到地球，由于出了差错，各自降落在了不同的地点。这些外星人还真是不怎么会安排工作。

"不好意思，你说了这么多，我相信到哪一部分就可以了？"樱井下意识地打断了天野的话。

"所有。我不说谎，那是在浪费时间。玩笑或是应酬话也属于谎言，我也是不说的。所以你也不用和我说什么玩笑话或场面话，很麻烦。"

如果外星人说是少年的妄想，那么立花明和这个少年是不是还真有什么关系呢？有一些年轻人会将犯罪者视为英雄，但好像也并不因此就把她看成是一种很特别的存在。樱井已经将兴趣从立花明转到了天野身上。这个少年在说那些像是玩笑一样的事情时，态度坦荡，而且非常聪慧。

"好啊，我就来试试做你的向导。"

天野道了声"谢谢"，接着伸出了手。

樱井在裤子上蹭了蹭掌心上的汗，天野见状，也收回了手模仿起来。这一连串的举动实在是不像天野的作风，樱井哂然一笑。两人握手。天野的手和ET并不一样，就是人类的血肉之躯。樱井自忖与这位自称是外星人的少年已经成了伙伴，便马上开口询问道：

"那你们外星人的目的是什么？"

"调查。我们来到地球是为了收集这个世界中固有的概念。"

"概念？"

"没错，就是概念。不过你放心，我不会从你那里夺取概念的，因为你是我的向导。"

"啊，这样啊，多谢。诶？那调查完之后呢？难道还要侵略地球？"

"当然了，外星人不都这么干嘛。"

哇哦，那地球可不就危险了。樱井假装呛到咳嗽，掩饰笑意，盘算着后天到自卫队采访的时候是不是应该汇报一下少年的事情。樱井掩着嘴巴，姑且附和少年道：

"你说得没错。"

在筹划如何与立花明接触的时候，天野迅速发挥出他的领导才能：

　　"樱井咱们走吧，去那边的家庭餐馆商量商量怎么办。"天野漫不经心地向家庭餐馆走去，樱井追在后面，心中吐槽：在家庭餐馆开侵略地球会议。搞什么嘛，我这不是完全成了他的跟班？应该给他看看什么叫大人的威严。樱井出声叫住天野：

　　"提个要求可以吗？我好歹比你年纪大，你和我说话又是你来你去，又是直呼名字，有点……"

　　说完又感觉自己着实有些小气。

　　"那我叫你樱井哥行吗？"

　　"啊，可以。不好意思啊。"

　　"没事，不用在意这些。"

　　"啊，好的。"

　　天野继续走在前面，樱井看着他的背影，心道：唉，算了，就这样吧。

7

"我也知道你们很不容易，但是……"

真治的上司这样说道，一脸的不耐烦。鸣海只在自己的婚礼上见过他一次。她是第一次到真治的公司来，为的是帮真治办理停职手续。对方告诉鸣海，关于停职期间的工资问题之后会再和她联系，还提醒她如果真治长期停职，公司可能会让他主动请辞。鸣海走出接待室，心里盘算着还必须学点保险知识。办公室内的所有人都在盯着她瞧，她没有和任何一个人对上视线，径直走到电梯门前，用背包一角按下电梯键，嘴里无声地嘟囔着："看什么看啊。"鸣海进电梯的时候，有一位女员工对她说了一句：

"转告真治要好好保重身体。"

"谢谢。"

话音刚落，电梯门已关得严严实实。鸣海一心念着刚刚忘了问对方的名字，就没顾上伸手按楼层键，大约五秒后，她终于意识到自己现在正毫无意义地被关在这个大箱子里。她握拳去按一楼的按键，不小心顺带按到了二楼。鸣海虚按着关门键，打算到二楼时电梯门一开就按键关门，可没想到电梯在二楼直接满员。等挤出电梯时，她忽然想起，自己把伞落在了刚刚的办公室。

"算了，那把伞就送给你们吧。"

鸣海沿海岸线一路疾驰到家中，进门看到真治像坐禅一样坐在檐廊。

"小真，我好讨厌你们公司。"

她一开口便是抱怨。然而真治却没什么反应。鸣海将胳膊肘支在小矮桌上，一动不动地望着真治的背影。

"下雨了。"真治盯着院子，忽然说道。

"是啊。"

今天是出院后的第三天，真治开口说话的次数突然减少。看上去像是症状终于稳定了下来，可实际情况究竟如何，鸣海也不知道。说起来，她也不是很清楚真治的症状究竟是什么。那天在医院，医生嘱咐鸣海"先观察下他的情况"，于是她就按照医嘱，一直观察真治。

他今天早晨七点钟起床。从邮箱里取回了报纸。接着冲了个澡，穿起西装，戴上手表。然后坐在小矮桌前，打开电视，开始看报纸。鸣海一整个早晨都跟在真治后面观察他。他早上的一连串动作做得行云流水，鸣海甚至忍不住怀疑是不是有什么人在背后操纵他。两个人一早上的对话只有一句"早上好"。鸣海在真治身旁跪坐下来，才注意到自己还穿着睡衣，随即又立刻想到："啊，这个人在等早餐呢。"于是慌忙站起身走向厨房。

她将冷冻的蛤肉汤放入锅中，用木铲搅动防止煮糊，心中暗想："他这是正常了吗？"正打算转头看看客厅的情况，就听见身后传来"叮"的一声，吐司烤好了。真治或许也听到了吐司机的声音，他迅速将脖子弯成九十度，扭转头部看向鸣海。鸣海被眼前这种恐怖电影里才会出现的举动吓了一跳，心中庆幸还好他没把脖子转一百八十度。

真治在认真对付又冷又硬的黄油，鸣海开口问道："你打算去公司吗？我看你穿了西服。"

"不，我觉得自己还不能去上班。穿西服可能是因为习惯吧。"

鸣海心中浮现出两个疑问。他说自己"不能上班"，是出现什么自觉症状了吗？又说了"习惯"，是说明他还清楚地记得过去发生了什么？他这是恢复正常了吧？

"话说，这个叫领带的东西有什么意义吗？很碍事啊。"

果然还是怪怪的。太好了。

"对于时尚、帅气这种事，是不能追求它有什么意义的。"

"哦。"

鸣海松了一口气。与其一切恢复原状，她还是宁愿真治怪怪的。

雨势转小，多了几分婉约之意。由于还没有出梅，虽然已经到了正午，天空还是和早晨一样灰蒙蒙的。鸣海依然一动不动地望着坐在檐廊的真治。

"你觉得下雨很稀奇吗？"

"不稀奇，我知道什么是雨。"

"当你打算一整天窝在家里不出门的时候，外面就像现在这样静静地飘着细雨……你有没有一种被守护的感觉？"

真治思考了片刻。

"对不起，我听不懂。"

"好吧。"

鸣海站起身，拉了拉灯绳。

又过了片刻，雨停了，真治说道：

"我去散步了。"

他脚后跟上有伤，不能穿皮鞋，可若是穿拖鞋出门，细菌会进入伤口，后果也很可怕。鸣海拦下打算出门的真治，安抚一番，提议自己开车带他出去转转。

两个人漫无目的地开着车，每看到一处建筑，鸣海就会向真治解释那里是什么地方：这一栋是发小小雪的家，那边是新建的图书馆，这是一家有名的和伞店，那是一栋因为某些缘由变成废墟的旅馆。

"这是我当年读书的小学。"

鸣海想起了婚前真治第一次来自己老家时的情景。当时她也是这样向他介绍这个小镇。真是令人怀念啊，可转念一想，又觉得没必要向他介绍这些，他又没有失忆。

于是鸣海又补了一句："你还记得吗？"

话一出口，她才意识到，自己之前一直在下意识地逃避这个问题。她希望真治失忆。如果他没有失忆，自己没办法和他像这样继续相处下去。不聊过去，只谈将来。

"我记得。"

真治还是给出了鸣海并不想听到的答案，她失望又沮丧。

你既然没有失忆，为什么还能像什么都没发生过似的和我相处？鸣海明白，这是因为他"生病"了，可是自己真的不知道接下来应该如何与他继续生活在一起。

"你一定忘记啦。因为你重启了。"自己这些天起劲地喊着"小真、小真",简直像是个傻子。

"我没忘啊。鸣海最喜欢五年级的老师。在废墟旅馆玩捉迷藏的时候看到过猫的尸体。你觉得和伞的伞面是纸做的,所以应该遮不了雨。不过,我虽然记得,可却像是在看某个人的日记一样,只是读到过这些内容,并不是真正了解。"

真治指着大海的方向继续说道:

"海那边放晴了呢。"

阳光从云层的缝隙中洒下来。准确来说,是大海上方的天空放晴了。还没有远到可以用"海那边"的程度。鸣海向海岸边开去。

真治的话非常简单,鸣海一听就知道,他没有说谎,也没有含混带过,是很坦率地在回答自己的问题,不知道的事情他就不回答。那如果自己问他,从一年多以前开始他一直偷偷摸摸去见的女人是谁,他会回答吗?会坦率地告诉自己吗?真治,你感冒的时候我可以对你温柔一点,但病人的特权并没有达到你可以为所欲为的地步。到法院也好警局也好,都是这个道理。大脑生病了就可以无罪释放吗?诶?不对,生病重启这套词好像是我自己说的?鸣海脑子里乱成一锅粥,一不留神把车开过了马路中心线。对面来车的喇叭声惊得她一下子回过神来,腋下都吓出了冷汗。真治居然还在一脸平静地欣赏窗外的风景。简直太不正常了。

　　为了防风防沙，海岸沿线种着黑松。这些黑松的树干向内陆方向倾斜，像是被海风摧残得没有站直的力气。黑松林里有几条步行道，通向供奉着土地神的神社。这个"海滨公园"只是徒有其名，没有休闲、安逸，只有一片肃杀、凄凉。鸣海把车停好。要到海边，必须步行穿过这片松林。鸣海担心真治的脚伤，不放心让他走路过去。

　　"我们到啦。"

　　"这里没有人。我们去海边吧。"

　　"不行，你的脚会弄脏的。我去给你买罐果汁吧。"

　　真治看上去有些不满意，打开车窗四处张望：

　　"上个星期这里明明很热闹的。"

　　上个星期是庙会，步行道两边摆的都是小摊。鸣海心想：他果然来过这儿。

　　"你在找什么？"

　　"找人呀。"

　　"为什么要找人？"

　　"想说话。"

　　"可以和我说话呀。"

　　"不行哟。因为鸣海是向导。"

　　我是司机吗？看着眼前这张没有恶意、一脸和善的脸，鸣海心里直蹿火。

"上个星期，庙会那天，你和谁一起来的？"

"公司的一个女孩。"

"是你的情人？"

"没错。"

鸣海感觉自己的灵魂飘到了半空中，俯视着地面上的那具肉身，看着那具身体拔下钥匙，缓缓走下车。旁观的那一个才是真正的自己。她突然发现，自己虽然讨厌真治的欺骗，但是更讨厌他的不欺骗。

真治全部都记得。他的记忆没有任何问题。他没有说谎，并且根本就没打算说谎。这些都是因为他生病了，自己如果现在生气也太不成熟了。鸣海真的很气自己在如此关键的时刻还这么通情达理，在如此关键的时刻灵魂出窍。

鸣海不知道自己在自动售货机前站了多久，她买了两罐果汁回到车上，发现副驾驶上已经没有了真治的身影。

8

　　一道混凝土防波墙隔开了松林与海岸。防波墙上每隔几百米就设有一个可以通向海边的入口，高墙配小门，总让人联想到监狱。真治钻过混凝土洞，便看到广阔的大海，与天空在远处交汇于一线。他情不自禁地发出一声感叹，很是享受心中涌起的这种感觉。雨后初晴的海边比平时要更加潮湿，夕阳为薄云染上一层淡淡的橘色。

　　对于真治而言，眼前的景色与前几天看到的大海迥然不同。但这并不是因为景色变了，而是他变了。他试着用"漂亮"这个词来形容眼前的风景，但总觉得不太贴切。心中涌起的那种感觉与"漂亮"之间还是有一些微妙的差别。他心想："这还真不容易。"

真治原本期待在海边遇到一些人，然而却一个人影也没看到，不免有些失望。也不知道除了失望之外，他还有没有什么其他的感受。

不一会儿，从防波堤那边传来了人说话的声音。是两个放学回家的初中男生。其中一人看到美得宛如修拉笔下点彩画一般的云层，兴奋地大喊：

"喂，这云也太酷了吧。"

"真的，太酷了。"

真治之前并不知道"酷"这个词用起来这么方便，他也不清楚眼前的景色是不是真的"酷"。但是既然他们两个异口同声地用了这个词，那应该是真的很"酷"吧。

"哇，太酷了，真的。"

他们又说了那个词。"酷"可以表示很多意思，而且几乎所有的意思都可以找到其他的词来替代。

"哎呀哎呀，我明白。那个确实酷。嗯，太酷了。"

笑脸能够消除人的警惕心——这是这几天真治学到的一门技术。特别是脸上挤出"褶皱"的时候，效果更好。真治运用脸部的肌肉组合出会心的微笑，向那两个呆呆地望着美景的初中生走去。

两个学生像是吓了一跳，僵直着身子，仿佛在说这个人有毛病吧。两人一溜烟儿地逃走了。在他们眼中，只看到一个三十岁男人一脸冷笑地靠近自己。真治低叹一声，转身向相反的方向走去。

虽然沙滩被雨水打湿之后比平时更好走一些，但走起来还是有些费力。真治脚上的伤口针扎似的刺痛，他一个人在混凝土的防波堤上不急不缓地走着，就像是过去青春电影中的情景。

走着走着，防波堤右侧的沙滩开始变窄、变陡，最后消失。沙滩变成了一块块浸在海水里的四防波石，承受着海浪的冲击。防波堤左侧是一条国道，避开了松林，紧贴着堤坝。国道对面是一排木结构的房子，有些锈斑，应该是海风造成的。院子里像晒被子一样晒着裙带菜，一个老人在那儿用布擦拭鱼竿。老人看到真治，开口和他打招呼：

"天放晴啦！"

真治又摆出刚刚的那副笑脸，鹦鹉学舌道："天放晴啦。"在和别人寒暄的时候，鹦鹉学舌是最好的方式，这也是他根据经验掌握的技能。打招呼的时候谈论时间或者季节、天气，并不是为了交换信息，这些话有点类似于标语口号。如果你给出了一个错误的回答，就会被对方视为敌人。鹦鹉学舌虽然是最安全的回答，但如果对方的寒暄语是一个需要你提供一些信息的问句，这招就不太好使了。

"地上还有些潮，会滑倒的。"

这句话不是预言，应该是忠告，也可能是寒暄。真治有些迷惑，不知道应该回复"不会掉下来的"去否定他，还是应该回复"没错"表示同意他的观点。感到迷茫的话，总之先笑吧。

真治对着老人"哈哈哈"地笑起来，老人也跟着笑了。满分。

今天真治减少了开口说话的次数，是因为注意到自己和别人交谈的时候很不自然。初次见面的时候，如果不能顺利通过"对口号"这个难关，就不会被对方视为人，也就没办法展开有意义的对话。真治认为，人是一种互相说着毫无意义的话且行为难以预测的东西。如果不能顺利扮演好"人"，说不定什么时候还会像上次一样被抬到医院，被迫回答一大堆的问题。提问是自己的工作，被提问则会给自己带来麻烦。

看到真治下了防波堤，老人心满意足地又开始擦拭鱼竿。

真治又向前走了一阵，看到一片碧绿的草坪，草叶上挂着宛如朝露一般清澈透亮的水珠。他毫不犹豫地踏入草坪，感觉到有水从拖鞋的缝隙渗进脚上的绷带。修剪得整整齐齐的草坪里有一个小坑，好像是有人把一个易拉罐嵌在了地里。小坑里有一枚白色的蛋。真治心想：原来如此，这里应该是和高尔夫球场草坪一样的地方。真治捡起了那枚蛋，果然是高尔夫球。

"喂，喂，大叔？"

真治隐约听到有声音在喊自己，环顾四周，却并没有人。

"你在做什么？"

声音来自头顶上方。一个青年从二楼的窗户探着头。看上去二十来岁。

"啊，没有啊，我没做什么。"真治含糊回答道。

"你为什么在这里？"

"那，你为什么在这里？"

青年沉思了一瞬，回答道：

"这是一个触及根本的问题啊。算了算了。要说我为什么在这里，是因为这儿是我家。看，这就是事实。"

"啊，真的吗？"

"还有，你站的地方是我们家院子。"

"我刚刚在散步，不小心走进来了。"

"算了，没事。我也没什么损失。"青年自言自语着，转身回到屋内。

过了差不多十秒钟，他又从窗户探出头，发现真治还站在刚刚的地方，像是一只等待父母回巢的雏鸟，勇敢地昂头看着上方。眼前的情景出乎青年的预料，他吓了一跳，真治站在那里的样子令他心里发毛。真治察觉到青年的疑虑，在脸上摆出一副和暖的笑容。原本想让自己看上去和蔼可亲，却反而显得更加瘆人。青年被结结实实地吓到了：

"喂，你没事吧？"

"嗯，我没事呀。"

"……大叔，你叫什么呀？"

"小真。"

青年的表情像是被迫接受一项过分的要求，他皱着眉头挤出了一句话：

"……大叔，像您这么大岁数的人，说自己名字的时候，一般不会在前面加个'小'字，您这是违反常规。"

"我的伙伴……我的妻子就是这样喊我的。"

眼前这个脑子不太好使的男人居然还有妻子，青年有一瞬间产生了轻微的挫败感，但转念一想，又觉得他应该是在胡言乱语。

"好吧好吧。天马上要黑了，大叔快回家吧。"

青年话音一落，真治便毫不犹豫地迈步走向眼前的玄关，伸手握住了门把手。

"喂喂喂，大叔？"

真治将紧锁的门把手转得咔嚓咔嚓直响。

"喂，你干什么呢！"

"你不是说让我回家吗?"

"不是,我刚刚说过了吧,这里是我的家。"

"我的家。对吧?"

"说了是我的家!"

青年心道:"还真是被一个麻烦的家伙缠上了。"转身打算回屋不再理会。真治见状连忙高声喊道:

"等一下!你告诉我吧。我真的搞不清楚。明明都是一样的家,都是我的家啊。我的家别名叫'小真的家',也叫'自己家'。这个家也是'自己家',它和我的家有什么区别呢?"

青年将两只手放在窗框上,舔了舔下唇:

"你说得很有意思。我也不讨厌这种禅学问答。你这个问题答案应该是……人类啊,并不是像小真想的那样大家都是兄弟。"

青年像是很满意自己给出的解答,但真治还是无法理解。兄弟和这个问题没有关系啊。于是他又问道:

"应该怎么说呢?我说一个房子是我的家,它为什么就会是我的家呢?"

"因为大叔你住在那个房子里吧。"

"我也可以住在这个房子里。"

"不行,你不能住在这里。因为这里是我的家。是丸尾的家。"叫丸尾的青年展开双臂,宣示自己的所有权，"丸尾的家。"

真治指着丸尾，连说了几次"丸尾的家"，接着又一栋一栋指着附近的木结构建筑问道："那个又是谁的家？"丸尾尽己所能地一家家说出邻居们的名字："那是八云先生的家，那是真田先生的家。"口气中带着一丝不耐烦。

"古桥先生的家……的家。这个'的'就是问题所在。这个'的'是什么意思？"

真治口中虽然问着让人无法回答的问题，但声音中却饱含着不可思议的说服力，抚平了丸尾焦躁的情绪。

"……的？"

真治一门心思地想要解决这个问题，丸尾也开始绞尽脑汁，希望可以助他一臂之力。

"听好了，在脑海中描绘它的形象。"真治开口诱导他。

"的。的，我的，my，所有格？"

"不用管它叫什么。想象它的形象。你应该知道吧？"

"想象什么？"

"想象那个。"

丸尾口中嘟囔道："那个？"话出口的一瞬间，他发现，自己低头看到的空间，以真治为中心发生了扭曲，就像是透过鱼眼镜头看到的景象一样，真治的脸不自然地高高隆起，一直伸到二楼自己鼻尖底下，他在那双眼睛里，看到了自己的影子。

"那个，我收下了。"真治确认道。

听到这句话，丸尾感觉到从尾椎骨升起一种不舒服的漂浮感，就好像是坐在过山车上开始向下俯冲似的。他下意识地用手扶着窗框支撑住身体。

"谢谢，我知道了。这不是我的家。"真治找到了问题的答案，又觉得答案竟然如此简单。

"你说的没错。"丸尾看到在视野范围内的一角，有什么东西在闪光。那是自己滴下的眼泪。

"我要回自己的家了。我在散步呢。"

"那很好啊。你自己能回去吧？"丸尾说着擦掉了眼泪，转身回到了屋内。

真治回过头去看大海，太阳已经沉到海平线的位置，与刚刚相比胀大了好几圈，颜色看上去像是一枚酸浆果。他从喉咙深处发出"嗯"的一声，忽然听到玄关的门咔嚓一声打开了，接着便看到丸尾走到院子里来。丸尾穿着T恤和短裤，T恤的领子已经没有了弹性，短裤一角绣着Adidas标志，有几处脱了线，垂着长长的线头。他与真治并肩而立，注视着远处的夕阳。

"真厉害啊。像是台风过后一样。"

"不说'真酷'吗？"真治问他。

"真酷啊。"

真治的表情越来越迷惑。海平线是红色的，天空越高颜色越淡，慢慢变成淡紫色。天色渐晚，暗沉沉的天空中忽然有什么东西闪着光出现，又迅速下落消失。像是流星，但又确实和流星不同。

"啊，是UFO。"丸尾小声说道。

"UFO啊。我还是第一次见。"真治淡然回复。

丸尾没想到初夏的海风吹在身上这么冷，冻得直哆嗦，抱着胳膊弓着腰，嘴里嘟囔着：

"大叔真是个奇怪的人。"

"是吗？"

"你生病了吗？"

"嗯……其实没有真的生病。只是还没有习惯呢。没习惯这个世界。"

丸尾听到真治的话有些难为情，但还是一脸开心地说道：

"这句话真帅啊。"

"我呀，其实是外星人。"

真治说话的时候虽面无表情，丸尾却觉得他非常幽默，于是回道："只不过UFO坠毁了。"真治看着丸尾的笑脸，自己也模仿着摆出了一样的笑容。他隐隐约约地感觉到交流靠的并不仅仅是语言，但是用表情交流对自己而言还是太困难了。他搞不清楚该摆什么表情的时候，只能作出和对方同样的表情，与寒暄时候的鹦鹉学舌一样。可有时候做出的笑容反而会吓到对方，简直是在帮倒忙。真治心里想着这些乱七八糟的事情，一边无声地做着说"你"时候的口型，试着上扬嘴角。看着真治的模样，丸尾忍不住笑起来：

"啊，我真是好久没出门了。"

"你一直在家里吗？"

"我基本上都在家宅着。"

"散步很好的。"真治的这句话中并没有什么感叹的意味。

丸尾笑着拍了拍真治的肩，说了句"谢谢"，便返回了家中。

真治不清楚丸尾为什么要拍自己的肩膀。是在破坏气氛吗？太阳彻底沉入海底看不见了，周围不知从何时起变得黑漆漆一片，路过车辆的车灯都显得特别晃眼。

没有了阳光，眼前的景色也换了模样。可真治却并没有心思感叹风景，因为自己现在又一次迷路了。

"鸣海——"

真治大声呼喊着向导的名字，然而回应他的只有海浪的声音。

9

　　她在车里坐了有三十分钟了吧，也许其实只有十五分钟。车内的电子表盘散发出翠绿的、廉价的幽光，冷冰冰的数字跳到了十九点。鸣海打开手机，上面显示的时间比车内的电子表要快几分钟，但她并不关心。她只是后悔没有在真治的脖子上挂个手机。早晨看到他一副镇定自若的模样，就没忍心用对待孩子的方式去对待他。

　　鸣海打开短信的收信箱，看到生病住院的母亲发来一条信息。短信说她原本叫明日美来照顾自己，可明日美却没来医院，打她的电话也没人接。短信内容非常简洁，宛如电报。母亲因为害羞，不愿意在短信中掺入自己的情绪，如此一来，母女二人发短信时就变得像是在偷偷对暗号一样，别有一番奇趣。鸣海非常喜欢这种感觉，回短信

062

的时候也会假装自己是谍报人员，像敲摩斯密码一样编辑短信："真治行踪不明。现在开始搜索。"

鸣海下了车，两条胳膊被风吹得冷飕飕。上周是夏日祭，就说明应该马上要到夏至了，一年中白昼最长的时候。鸣海来到海边，太阳已经沉到了海平面以下。有一对男女高中生在海边散步。在处于傍晚与黑夜之间的这段时间，少男少女隔着一段短短的距离漫步海滩，鸣海从他们身上清清楚楚地感受到一种淡淡的期待。她回想起了自己的高中时光，正打算回味一下年少时的倔强与苦恼，却猛地意识到现在可不是沉溺青春忧愁的时候。

"小真！"

夜幕悄悄降临，只有那两个幸福的高中生注意到了鸣海的大声呼喊。鸣海心中默默吐槽：你们俩还有心情牵手，我丈夫到现在还找不到人呢。转瞬又觉得自己有些可悲。

"小真！"

她与真治是不是也曾经在沙滩彻夜畅谈来着？鸣海双手提着凉鞋，边走边回忆。和真治从相遇到结婚的那两年时光，也曾经那么开心啊。两个人都有工作，想要见个面需要开车一个小时，为了见一面，宁可牺牲睡觉的时间。对于两个过了二十五岁的奔三青年，这爱情可以称得上是炽热浓烈。他们在一起讨论人生观和职业观，聊一些类似"将来想在海边开一家咖啡厅"这种人人都有的傻傻的梦想，还做了一些看不到前途的约定。彼此当时说出口的话转瞬间就失去了意义，可说话时的那份感情现在依然还在。应该还在。

鸣海大喊着真治的名字，感觉别人可能会以为她在找迷路的孩子。我找的可不是儿子，而是恋人呀。她这样想到。结婚之后仍然可以像恋人一般相处是鸣海理想中的婚姻生活，但是真治需要的却是一个母亲的角色。总的来说，他是一个传统的男性。婚后，真治发生了明显的变化，鸣海在惊讶之余，还有一丝失望。真治心中那份老套的责任感，操控着他扮演起一家之主的角色，也把他逼入了绝境。而那些豪放恣意的大男人举动，也只不过证明了他还是个没长大的孩子罢了。

鸣海想要的并不是这些，她只是单纯地想和丈夫一起工作，一起生活，没有打算过让另一半养活自己。

结婚仅仅半年，已经是那种状态。

"要是结婚前同居一段时间，基本上就能知道结婚之后是什么样子。"正月回娘家的时候，当时大学四年级的明日美还以一副情感专家的姿态点评道。

母亲则是在一旁吐出一句："生个孩子吧。"手里还忙着剥橘子皮。

"他在别人面前管我叫内人。我们这个年代的人几乎不说这个词了。听他这么说就想吐槽一句，你以为自己是政治家吗？"

"所以说啊，姐姐，他应该是希望你能在家里面待着吧。"

"他没事逼这个强干什么呀。"鸣海更加不满。

"生个孩子吧。"母亲又伸手取了个蜜橘。

"妈，你蜜橘吃得太多啦。"

说完，明日美拿走了最后一个。

明月高悬，与如墨的夜空形成鲜明的反差。海岸边没有路灯，暗得惊人。鸣海一直走到国道，回头去看海边，还是一个人影也没有。她爬上防波堤，看到黑色的海浪拍在四角防波石上撞得水花四溅，开始真的担心起来。现在的真治完全就是个孩子。虽然不可能有人去捉弄他，可他缺乏警惕心，还是很容易出事。

要是他掉进海里了可怎么办啊。想到这里，鸣海不禁加快了脚步。她走在防波堤上，有车从背后赶超上来，又疾驰前行，车前灯点亮了一个个路边护栏的反光板，形成一道缓缓的弧线。

鸣海开始奔跑起来。可跑着跑着，却似乎忘记了自己为什么奔跑。在这种情况下，重新体验到奔跑的快乐显然有些不合时宜，但先不管奔跑的理由是什么，开心是实实在在的。一个女人大晚上在宽一米、高一米的防波堤上全力奔跑，一侧是大海，另一侧是国道，这情景多奇妙，没准儿可以成为新的都市传说。鸣海开始加速，脚下的防波堤就像是一条通往天空的轨道，她想象自己就这样奔跑着，奔跑着，最终升空。在"起飞"的时候，她右脚腾空，左脚下蹬，结果左脚没有保持好平衡，凉鞋晃晃悠悠地从脚上滑了下去。她"啊"了一声，回头去看，发现凉鞋早已无声无息地被黑色的海浪卷走了。一句"糟透了"卡在嗓子里，最终还是咽了下去。鸣海朝着四角防波石的缝隙里望去，黑乎乎一片，什么也看不见。她将剩下的一只凉鞋脱下来，鞋尖朝着大海的方向摆好。别人看到这只鞋，可能会以为它的主人跳海自杀了吧。鸣海仰头望着夜空，有美军的直升机飞过，机尾灯光一闪一闪，像萤火虫一样。

鸣海回想自己这一周的生活，与之前完全不一样。她一直和真治在一起，虽然两个人基本上没有什么对话。之前也没有和真治两个人开车兜过风，也不曾一起在海边走来走去。她曾经一直认为，如果战争可以带来一些改变，那就开战好了。自己就是一个无趣的主妇，因为生活荒谬又无聊，总是在期待着发生些什么，总是在不停地牢骚抱怨。

鸣海扔掉了剩下的那一只凉鞋：看，我现在也能做出这种事，还可以全裸着搭便车来一次冒险旅行。

　　与之前相比，鸣海这一周的生活的确过得充实极了。她自己也感觉到，和性情大变的真治在一起时真的很开心，她被这样的真治吸引了。但是，令自己着迷的那个男人真的是真治吗？他会不会其实只是一个拥有真治记忆的陌生人？自己能够两次爱上同一个人，这感觉也不错。就算是出轨，也应该清清楚楚说个明白。鸣海又开始在防波堤上走起来。混凝土的表面凹凸不平，她没想到赤脚走在上面会这么疼，口中小声嘟囔着："道路艰险。"

　　已经晚上八点多了。返回车上需要三十分钟，光着脚走过去还真是让人吃不消。鸣海此刻反而像是个迷路的孩子，真是去盗墓的成了木乃伊，去找人的自己迷了路。她正踟蹰着，忽然发现真治就坐在公交车站。鸣海这场苦闷的冒险宣告结束，她感觉自己像是终于从地下迷宫逃脱出来，不远处公交站的灯光亮得耀眼。

　　真治坐在褪色的塑料长凳上，脊背挺得笔直。鸣海悄悄地从背后走近他。看了一眼公交时刻表，末班车的时间已经过去了。

　　"现在已经没有公交啦。"

　　"啊，这样啊。"真治回头看到了鸣海，"嗨，……太好了。"

看到真治一脸温和平静，鸣海浑身脱力，放下心来。她舒了口气，在没有靠背的长凳对侧坐下来。

"怎么了？"真治问道。

"你还问我怎么了！"

"你在生气吗？"

"没有。"鸣海将双脚转向真治，忽然想起来自己光着脚。真治脚上的绷带还渗着血。鸣海用脚碰了碰真治的脚尖。

"你怎么走到这里来啦？"

"我和很多人聊了天。"

"为什么要聊天？"

"因为是工作。"真治答道。

工作？鸣海本想继续问下去，但最终还是没开口。今天已经足够了。而且坐在长凳上，不用再光着脚走路，又有海风吹着，真是太舒服了。

"下次带着我一起去找人聊天吧。明天我们去买一双新运动鞋好不好？"

"运动鞋？"真治问道。

"不知道是什么吗？"

"知道啊。"

"运动鞋穿着好走路。"

"真的吗？这样啊。真好呀。"真治开心地回应道。

"你这说的都是什么啊。"鸣海看上去似嗔似笑。

"谢谢，我能依靠的只有你啦。"

"……你可算是说了句正经话。"鸣海生平第一次从真治口中听到这种说辞。虽然马上就回怼了他一句，可眼泪却控制不住地涌出眼眶。她自己也不清楚究竟为什么会哭。

鸣海沉默不语，真治出声问道："怎么了？"见鸣海眼中盈满泪水，真治吓了一跳，"等一下，我可没从你那儿夺走什么东西啊。"

为了控制住流泪，鸣海闭上眼睛，吸了口气。真治说出那番话，她真的很开心，但是也知道，他应该并无他意。

"你为什么哭了呢？"

"烦死了，我才没哭呢。"

真治像是辩解一般说道："没关系，我不会从鸣海这里夺取的。不会的。因为鸣海是我重要的向导呀。"

鸣海感觉真治有些慌张，而且又提到了向导。真让人火大。

"所以向导究竟是什么啊？你总说'向导、向导'。"

"向导可以让我在这个世界安全地生存。如果是我一个人生活，马上就会迷路的。所以，必须要有鸣海。"

"那你为什么还要一个人到处闲逛！"啊，眼泪又流出来了。怎么突然就开始吵架了呢。

"因为我有很重要的工作。"

"哪里有工作？你现在哪里还有工作！"

话一出口，鸣海就后悔了。

"话也不能这么说。"

"对不起。"鸣海并没准备揪着工作这一点谴责真治的，"对不起。"

鸣海本来想对真治说：请不要叫我向导，至少喊一声同伴可以吗？可又觉得若是真的说了，怕是会让他觉得自己是个无趣的女人，于是放弃了。

"没关系啦。再稍等几天，我就什么都可以做了。"真治说着伸手搂过鸣海的肩。他居然已经学会了这一招？鸣海真是佩服。算了，姑且先享受享受这份温暖吧。

10

上午时分，美军的战斗机照例从头顶飞过。樱井透过窗子抬头望天，笑道："不合时宜，不合时宜。"

遇到天野之后的这一周，樱井放下了自卫队的报道，一直在写那位少年的故事。

天野与樱井分别时曾说："必要时我会联系你。樱井哥你先想一想怎么才能联系到立花明。"两人分开的第三天，樱井终于接到了天野的电话：

"开工啦。快点来。"

樱井找到天野说的那家位于商业街的柏青哥店，向店家的停车场走去。夜已深，柏青哥店早就打烊了。只有彩灯装饰的巨大招牌还亮着，停车场也因此有了些微光。

天野的声音从暗处传来："我在这儿呢。"樱井走过去，看到天野在流鼻血，身边围了一圈传说中的"小混混"。

看到樱井出现，一个 T 恤上写着大大的"Hong Kong"字样的少年上来就凶狠地叫嚣道："你小子谁啊？"对樱井而言，向这种穿着景区纪念 T 恤的家伙道歉简直是耻辱，可想到这也许就是向导的工作，也只能伏低做小地询问事情经过。

原来，天野不仅对其中一个小混混纠缠不休，还把人家弄哭了。自从初中毕业之后，樱井还是第一次听到有人和自己告状说"谁谁谁把人弄哭了"。他很擅长工作方面的谈判，也经历过几次现实中的修罗场。说实话，他很想吓唬吓唬这些少年了事，可为了天野，最终还是花了点小钱把人打发走了。

天野丝毫不见疲惫，轻快地站了起来："终于得救了啊。"

"就你这样子，想要侵略地球还差得远呢。"

这个外星人打架这么弱，还真是让人心生好感。樱井递给天野一张纸巾。

"我没办法和年轻人好好聊天。这工作真没法下手啊。"天野接过来擦了擦鼻血说。"你还真是有意思。"樱井笑道。

天野似是很苦恼地说道："年轻人词汇量不足可不行

啊。"樱井并不想从一个十八岁的少年口中听到这句话，也并不希望一个外星人忧虑这种事，于是开口说道："外星人没必要担心这种问题吧。"语气和表情完全就像是在说："拜托你更像外星人一点好吗！"

"不过果然还是应该从各个年龄层收集啊，不然就会有偏差。"说着，天野将擦过鼻血的纸巾仔细叠好，装进了口袋。看来这是个对营销感兴趣的外星人，是打算向地球强行推销点什么吗？

之后几天，天野又引起了几次类似的麻烦。每一次樱井都要赶过去调解，找个合适的理由打发对方。天野那份"收集概念"的工作就这样顺利进行着，像是在验证他之前所说一般，樱井发现他的确一点一点地越来越能够理解人性了。

"关于见立花明的事，你有头绪了吗？"天野将纸巾塞进鼻孔，语气宛如领导检视工作。

樱井调查发现，立花明的症状似乎在逐渐好转。自从被保护起来之后，她昏睡了几天，苏醒后也是处于精神恍惚的状态，不过现在已经可以说一点话了。

据说，虽然警察去找她做过笔录，可由于她情绪不稳定，也没得到什么像样的证言，整个事件仍然没有调查清楚。普通会面自然是谢绝的。好像有远房亲戚去探病，可人家似乎并不想和立花明有什么牵扯，很快便离开了。

少女举目无亲，被幽禁在医院深处的单间病房里。

"要悄悄潜进去吗？"

樱井拿起放在桌上的餐巾纸，像用吸油面纸一样一点一点按压着吸掉汗水。两个人坐在全国连锁的平价居酒屋的包间内。

天野拿起餐巾纸开始一丝不苟地擦起桌面上的污渍："这不现实啊。樱井哥，你应该也不愿意被警察关照吧？"他又厌恶地说道，"最麻烦的就是警察了。"说完还拿起餐巾纸闻了闻上面的味道。

"难闻吗？"

"是芝麻油的味道。"

"那可真糟糕。"樱井说着按响了服务铃，"你要喝啤酒吗？"

樱井解释说，就算自己是记者也没办法见到立花明。天野听后颇为不满。

"我倒要问你呢，你好歹也是外星人吧，就没有点必杀技吗？从眼睛里射束光出来看看呗。"

"我可不能从眼睛里发出光束来。"天野说罢一口气喝光了啤酒。樱井帮他将酒满上，说道："我和你开玩笑呢。"

"有人类可以从眼睛里发出光束吗？"

"真可惜，我没遇见过呢。"

"有还是没有？"

"没有。没有人能从眼睛里发出光束！"

店员沉默地将菜放在桌子上。樱井夹起有点瘦的多春鱼放入口中，心想自己和他讨论的都是些什么东西啊。

"那我也办不到。因为人类的身体办不到。"

说得太有道理了。樱井有自己的立场，他自然是希望天野可以表现得更像外星人一点，做一些常人办不到的事情。可天野却很讨厌麻烦。樱井内心确信，虽然天野声称自己是外星人，可与精神病的症状还是有区别的。不过他手里也确实没有什么证据来证明自己的观点。如果有证据，自己就会相信他是外星人了吗？如果证明了眼前这个双颊泛红的少年是来自外星的侵略者，那时候自己又应该做些什么呢？这些问题全部都太不真实了。

樱井最终也只不过是想要窥探这位自称外星人的奇怪少年眼中看到的是怎样的世界。所以，少年的行为必须更加出格，否则没办法用来发新闻。

"《奥特曼》里出现的外星人可要粗暴得多。"

"我会参考一下他们是怎么做的。"

樱井想象了一下天野变身巨人后的模样，笑了起来。他要是成了巨人，自卫队打得过他吗？打败外星人的奥特曼实际上也是外星人啊。不过外星人在别人家院子里打架这一点，倒是和赖在这条街上不走的某国军队颇为相似。

櫻井期待天野能做点什么有趣的事，这种感觉可能就像是一个傻乎乎的粉丝私下里遇到自己喜欢的谐星后会套近乎地说一句："偶像，表演个段子看吧！"他不知道天野能不能理解自己的小心思，不过天野确实是开口讲起了自己的超能力。

"我来地球的目的是调查，所以没有其他无关的超能力，不过我的超能力有一个有趣的副作用。似乎我们学会一个概念之后，对方就会失去它，彻底失去。"

失去概念？算了，先不管它是什么意思……樱井像服务员一样又帮天野倒了一杯啤酒。

原来，他们这些外星人在和地球人对话的时候，如果遇到了不知道的概念，就会反复地询问。反复提问的目的，是要使对方的答案从具体的例子逐渐转变为抽象的概念形象。天野还说，虽然概念是语言的产物，但是用来解释概念的语言对于外星人而言毫无意义。因为那些只是单纯的词汇罢了。当对方脑海中清晰明确地浮现出某个概念的时候，天野这些外星人不需要依靠语言也可以学会这个概念。

"不依靠语言？"

"因为语言有很多种，我们想要的只是对于某个概念内涵的理解。从对方那里获取这种理解就是我们的超能力。"

　　似乎确实如此。要将"语言"写成英语的"word"，就必须要理解这两者背后所代表的共同的概念。翻译就是这么回事，读者想看的并不是语言。

　　许是有了几分醉意，天野罕见地露出得意之色。他告诉樱井，自己来到地球，原本只是打算复制地球人的概念，可不久后就发现，那不是复制而是掠夺。他掠夺过的所有人都因大脑中某些东西发生了变化而感到一阵混乱，他们会无意识地流泪，并且不知道自己为何流泪。看上去似乎是因为失去了某个概念才泪流满面，可事实并非如此，它就像是打哈欠之后也会流泪一样，只是一种单纯的生理现象。那个小混混就是因为这样才会哭哭啼啼，他并没有霸凌他。

　　樱井被勾起了兴趣，不假思索道："哟呵，掠夺概念。这可真是个了不得的超能力，应该挺好用吧？"

　　"挺好用的。我遇到了一个总是念叨'没时间了、没时间了'的大叔，就试着从他那里夺走了'时间'的概念。"

　　"诶？然后呢？"

　　"他当时就停下来了。现在应该做什么都慢慢悠悠的吧。啊，慢慢悠悠也属于'时间'里边的概念来着。"

　　失去时间的概念？我们平时根本就不会意识到这个

概念。失去它，人会变成什么样子？那个人虽然停了下来，可时间并没有。樱井感到一阵头晕目眩，他无法想象事态会如何发展，历史可能因此而偏离原本的轨道。他知道，天野没有说谎，也没有夸张，更不是在开玩笑，虽然找不到任何证据证明，但他说的那些验证起来却很简单。

"天野，下次我可以和你一起去工作吗？"

"可以啊，但你不是很忙吗？"

"比起自卫队的坦克，我更恐惧你的超能力呢。"

樱井看了看表，已经夜里十一点多了。自己不但拉着未成年人喝酒，还让他深夜晚归，真不是个合格的大人，不过外星人应该不在意门禁这种东西吧。樱井又追点了一瓶啤酒，算是提前庆功。有了天野那宝贝的超能力，报道一定卖座。虽然嘴里还是慎重地说着"我还没想好要不要用你作题材呢"，可嘴角却扬起一丝如愿以偿的微笑。

"相信什么是你的自由。"

"你知道'自由'这个词是什么意思吗？"

"我知道，已经抢过来了。"

"被抢的那个人怎么样了？"

"不清楚。应该是变得不自由了吧。"

很好。

是一个合格的外星人应该给出的回答。樱井为了抑制内心的兴奋，狠狠吸了一口烟，差点要把手上这支一口吸光，随后又喷着烟气，不怀好意地嘿嘿笑起来。心里忽然就涌出了一股干活的欲望。闲话不提，先干一杯再说。

侵略地球的会议居然是在一家居酒屋召开的。

"天野，你要是耍我，尽管笑，没关系。但我还是想看一看你的超能力。我现在开始相信你了。"

说罢樱井一口干掉杯中啤酒，露出孩童般的笑脸。

11

　　明日美已经连着三天没有去照顾生病的母亲郁子了。虽说之前并没有约定一定要她去照顾，但大家心里都清楚，明日美和鸣海总有一个人要到医院去。鸣海要照顾真治，那去医院的差事自然就落在明日美身上。之前明日美有事抽不开身的时候会打电话告诉母亲一声，可这三天真的是杳无音讯。

　　三天前，鸣海收到了母亲郁子的短信，可她当时并没有放在心上。直到今天接到郁子带着薄怒的电话，才意识到事情可能有些不妙。郁子因为椎间盘疝气做了手术，术后疼得几乎走不了路，要从病房走到医院里能用手机的地方，对她而言简直就是长途跋涉。

　　相比鸣海，明日美和母亲更亲，母女俩的关系就像是好友。鸣海新婚旅行的时候，明日美和郁子两个人还一起去了趟温泉旅行，她现在回想起来还是会心生嫉妒。但即便两人关系如此亲密，也还是会常常吵架。如果仅仅是好友关系，双方需要保持一定的距离，可血亲却可以踏入好友无法踏入的近身区域内，这是我们对这种非自由意志确定的关系的一种纵容，不过相应的，也只有血亲之间才能进行如此亲密的交流。看着明日美对着母亲大哭、倾诉，鸣海只觉得她真是狡猾。

郁子在话筒那边一顿抱怨，既不是因为没了换洗的衣服，也不是因为想吃蜜瓜却没人去买。她之所以心有不满，还是因为理应出现在病房陪伴自己的女儿一连几天都不露面。鸣海温言软语安慰母亲，心里却觉得她未免小题大做，明日美充其量也就三天没去医院而已。她开始默默分析母亲和明日美吵架的原因，母亲应该是对明日美的期望过高，才导致现在如此心情低落。随后她又开始分析自己与真治，婚后两人热情消退、渐行渐远，可能正是因为对彼此都没有什么太高的期望。唉……算了算了，鸣海心中自嘲，郁子的抱怨入耳却没入心。

"明日美还要上班呢，她也很忙呀。"

鸣海这三天也没遇到妹妹，只能用这种泛泛的理由安慰母亲。虽没见面，明日美却回过她几次短信，看样子也没遇到什么大问题。

"不过啊，就算她忙……"

郁子话说到一半声音突然含糊起来。鸣海起先不知何故，听到母亲说话如孩童般含混不清，只觉得好笑，可突然又意识到，母亲是在哭呢。笑意顿时僵在了脸上，她感觉到自己的脸颊在微微地抽动。

恐惧瞬间袭上心头。或许是因为她从不曾见过母亲如此号啕大哭，或许是因为她忽然意识到母亲原来已经老了。可母亲虽年近花甲，却也应该还没到软弱不禁事的岁数。

郁子忍住喉中的颤抖，为刚刚的失态短促地说了一句"对不起"。她深吸了口气，又忍不住长叹出声，叹息中混杂着自嘲，似是自己也没想到会那样大哭起来。鸣海略微松了口气，可毕竟没有亲眼确认母亲的状态，还是担心又着急。

至于郁子为什么会掉眼泪，其实也没什么其他重要原因，就是和明日美吵架的那点事。郁子说自己在给鸣海打电话之前，也给明日美打了一个。明日美顶撞了她几句，不知为什么，当时没哭，等到和鸣海打电话的时候反倒是难过起来。明日美说得很是过分，她一下子接受不了，张口呵斥，之后两个人就你一言我一语地吵了起来，等她反应过来，那边已经把电话挂了。现在回想起来，她还是难以相信自己的女儿嘴里会吐出那些话来，什么"不要命令我"，"使唤起人来没完没了，你以为你是谁啊"，最后还来了一句"就算你说你是我妈，我还是觉得你在给我添麻烦"。

鸣海也不相信明日美会说出那些话。郁子说着说着，慢慢冷静了下来，两个人反而开始担心明日美会不会有什么苦衷。但究竟会是什么苦衷呢？

"她是不是被逼着说出那些话的？有人威胁她？"

郁子开始胡乱猜测，鸣海挂断了电话。如果真有一个出于追求心理愉悦而去犯罪的愉快犯，犯罪的目的就是强逼着一个女儿去痛骂自己的母亲，那么这感觉简直超越了"愉快"，甚至有些神秘感了。

明日美这种情况很可能就是被男朋友甩了之后情绪激动没处撒气。不过那些扎心的话怕是会永远留在母亲心里，消散不去了。

又过了两天，鸣海终于见到了明日美。这两天里，明日美的怪异行为逐步升级，堪称奇葩，不仅惊动了警察，还被送到了医院。鸣海只能瞒着住院的母亲自己去处理。

那天，鸣海接到警察的电话，通知她到警局领人。赶过去之后才发现，被警察扣押的是她的父亲加濑正。明日美没在现场，只有她的朋友泽木肿着眼睛坐在一旁。眼前的情景令鸣海联想到她所能想象到的最糟糕的事态。

"爸，这是怎么了？"鸣海心慌极了，她甚至能感觉到自己的关节在咯咯地发抖。

"我也不清楚。"加濑正说着摘下眼镜，擦了擦眼角，像是要擦掉上面的眼眵。

"明日美呢？！"

鸣海被自己高音量的发问吓了一跳，可旁边办公的警员却都毫无反应。警察的冷静非但没有消除鸣海内心的危机感，反而令她更加不安。

泽木回应道："明日美刚刚去医院了。"

接着又解释说，她并没有受伤，只是因为有些亢奋才被送到了医院。泽木声音中透着浓浓的疲惫。

从父亲、泽木、警察的话中，鸣海拼凑出了事情的大致经过。

加濑正说，大约从一周前开始，明日美在家的态度就起了变化。应该就是真治出院后的那几天吧。当时鸣海因为真治的事情忙得团团转，几乎没什么时间和明日美见面。

加濑正平时晚上八点多下班回家，然后开始吃晚饭。明日美虽然已经吃过了，还是会陪他聊聊天。不过说是聊天，其实很多时候她只是坐在旁边看电视罢了。加濑正回忆说，总觉得明日美那一天的态度有些冷淡。

第二天则更加明显。饭菜都摆上桌后，明日美忽然跑到屋里距离餐桌最远的角落站着，一动不动地盯着他。他站起身打算倒一杯麦茶，却见明日美突然双腿弯曲、降低重心，似乎是在保持一种随时可以逃生的姿势。他笑着说了句"你这是干什么呀"，可心里其实是觉得有些发毛。

他同明日美说话，她的回应也相当简洁，绝不多说一个字。第二天早上，明日美没有露面，可当他去开车准备上班的时候，却发现明日美正躲在二楼房间内透过窗帘缝偷看停车场。

从第三天开始，加濑正在家中几乎看不到明日美的影子。即使她在家，也都待在他看不到的地方。加濑正终于发了火，吼了她一句："你差不多得了！"明日美便尖叫着逃出了家门。

明日美从家里跑出去之后，就一直住在泽木那里。她在公司里以及泽木家表现得都很正常，只有遇到和父亲有关的事情时例外。

明日美告诉泽木："我家里有一个可疑的人。"泽木听完明日美的描述，觉得她就是在说自己的父亲。可明日美却把自己的父亲叫作"住在我家的幽灵"。

明日美称："我的确很了解那个人。可思来想去也不知道为什么要和他生活在一起。他既不是我的朋友，也不是我的男友，却总是带着一副理所当然的表情侵入我的生活。他就是一个形迹可疑的大叔。我觉得自己大概是能看见一些不得了的东西。"

泽木虽然无法理解明日美的说辞，可心里却认定她和父亲之间恐怕是出了什么问题。她精神不稳定的原因来自她的父亲。于是泽木便暂时承担起了保护朋友的责任。

过了几日，明日美央着泽木陪她一起回家取换洗的衣物。她等在门外不愿进家门，泽木只能自己拿钥匙开门进屋，颇有些私闯民宅的意思，很是尴尬。已经过了晚上十一点，明日美的父亲一定在家，可却没见哪一间屋子亮着灯，想必是已经睡下了。泽木开门走到玄关，发现屋里比自己想象得还要暗，便打开了手机自带的手电筒照明。他走上靠近院子一侧的檐廊，感觉有暖风轻拂过脚面，原来是窗户没关。梅雨季节的夜空如磨砂玻璃一般雾蒙蒙，月亮半隐着面容，院子里只有一些微弱的月光。窗外树叶轻摇，沙沙作响，其中还夹杂着哗啦哗啦卷纸的声音，却并不是从院子里传来的。泽木举着手机四处查看，发现了隐在暗处的加濑正，他手中握着卷成一卷的报纸，正摆出一副防御的架势，卷纸声便是从他这里发出来的。

"是明日美吗?"

泽木是明日美的高中同学，上学的时候也和加濑正见过几面。

　　一听到加濑正的问题，脱口便答道："我是泽木。"说完后又有些不安，不确定对方是否还记得自己。对方的武器只是报纸而已，并不足为惧，可就算是被当作闯空门的小偷，自己也只能把委屈吞进肚子里。

　　"我是明日美的朋友泽木。"

　　许是对泽木还有些印象，又或者是听到了明日美的名字后便放下心来，加濑正收起了戒备，长叹了一口气。

　　泽木竹筒倒豆子一般解释了事情的缘由。他本想让对方明白自己并没有恶意，可说着说着就变成了在解释一切的起因都是明日美，自己只是受害者，不由得又有些后悔。加濑正满面愁容，只是充满歉意地说了句："那家伙这是怎么了啊。"

　　夜风透过窗子钻进屋来，经过檐廊，直奔厨房。泽木慢慢适应了黑暗，他看到厨房里乱七八糟地扔着好几个便利店的塑料袋，看起来明日美不在的这几天，加濑正都是一个人在家。

　　加濑正抬手托腮，似是陷入沉思。

　　泽木见他脸上蹭了一片污渍，便出声提醒道：

　　"啊，叔叔，你手上……"

　　加濑正这才发现，自己刚刚一直攥着报纸，纸上的油墨沾了汗渍，染得掌心黑乎乎一片。两人忍不住笑起来。忽然，两个人眼前嗖地一下飞过什么东西，下一秒，就听到哐当一声，震得人耳朵生疼，好像是什么摔碎了。加濑正打开厨房灯，只见地上满是碎玻璃和碎陶片，原本摆放这些器皿的架子上，赫然出现了一块拳头大小的石头。很显然，这石头是有人从院子里扔进来的。两人刚一回头看向庭院，第二块石头就飞了进来，擦过泽木的肩膀，撞到微波炉的侧面，砸出一个坑。

加濑正冲着院中暗处大喊道："喂，别扔了！"

两个人关了窗，透过窗玻璃向外张望，发现原来是明日美攥着石头站在院子里。泽木高声喊道："明日美！"可那个女人只是面无表情地摇了摇头，看到加濑正开门进了院子，便如猫一般飞快地消失在黑暗中。加濑正与泽木对眼前的状况一头雾水，不知如何是好。

泽木拿了明日美的换洗衣物回到自己家中，发现人正坐在那儿若无其事地看着电视。问她为什么要扔石头，回答得也是含糊其词，而且马上就岔开了话题。看她的态度，完全就是在谈论别人的闲事，不像是要把自己犯的错含混带过。泽木隐隐感觉到，有问题的并不是明日美的父亲，而是她自己。于是便委婉地劝她要不要去医院检查检查。

周末，加濑正不得不开始处理攒了好多天的家务活。他手法生疏地将洗好的衣物展开，搭在衣架上。靠近院墙有一块地方是专门用来晾衣服的，虽然搭着塑料的遮雨篷，可雨还是能斜着溜进来。加濑正抬头看了看天，浓云低垂，遮得太阳都模模糊糊，还不如在屋子里晾衣服干得更快些。

由于洗衣机离心力的缘故，洗完的衣服都皱皱巴巴缠在了一起，加濑正一件一件拆开，发现有几件衣服的纹样自己平时好像没怎么看见过。他拿起来展开一看，发现是明日美的吊带背心。看到明日美的东西，不由得就想起来前几天晚上的事，这孩子好像也一直没有去医院看她妈妈，也许自己应该和孩子她妈好好谈谈这几天的事。

"变态！"

院墙有一段稍矮，现在上面正浮着一个脑袋。是明日美。她正死死地盯着加濑正。

"变态！"院墙外面的明日美又扔过来这么一句。加濑正把吊带背心放回洗衣篮，像对待一只戒备心极强的流浪猫一般对女儿说道：

"明日美，到这边来。听话。"

许是不喜欢加濑正命令的口气，明日美的眉心微微一皱。双方就这样僵持着。

"你妈妈也很担心你呢。"加濑正有些受不了明日美看向自己的眼神，完全就是在看一个毫无关系的陌生人。"你差不多行了。"说完便踩着院子里的踏脚石穿过玄关门。可等他绕到了院墙的另一侧，明日美已经不在了。

又过了十分钟，一辆警车停在了加濑家门口。两位穿着制服的警察上前敲门，要求开门的加濑正出示身份证件。加濑正心里蹿火，警察说是他家人报警称家里进了可疑人员。报警的自然是明日美。在自己家里待得好好的，居然被说成是可疑人员，真让人火大。加濑正解释说应该只是个恶作剧，可警察好像并不相信他的说辞。

忽然，警察的身后响起了明日美的声音："就是这个人！"

"她是我女儿，最近稍微有点……"

加濑正努力冷静地解释，可心里却平静不下来。警察为了弄清楚情况，自然是要听双方的陈述，可明日美只在一旁红着眼睛胡乱喊叫："流氓、大变态、内衣贼！"加濑正从没见过女儿这副模样，一时间慌了神。可马上又觉得自己这个父亲当得窝囊，孩子当着外人的面这样闹腾真是丢人。他的脑子里大大小小挤满了"丢人"两个字，一个冲动，撞开警察，直扑向明日美。

"你胡说八道什么呢！"

加濑正一把抓住明日美的手腕，明日美惊声尖叫，简直就像在说"你碰我一下我就去死"。搞不清楚真实情况的警察只好先把看上去像是施暴者的加濑正按住，丢下一句"带到局里再说"，结束了这场混战。

"真不好意思，给您添麻烦了。"

鸣海向警察鞠躬致歉。还好不是上周处理真治那件事的警官。丈夫、妹妹，再加上父亲，一家里有三个人受到警方关照，加濑这一家也太不对劲了。

加濑正还是一脸无法释怀的表情，自己明明是冤枉的，可还是要麻烦女儿来警察局做担保把自己领回去。警察的态度也令他不满："他们简直就是把我当成一个偷东西的小毛贼来处理。"在警局和泽木道别后，父女俩开车去了医院。

镇上唯一一家综合医院就坐落在与邻市的交界地带。这家医院原本建在市中心，大约十年前迁到现址。一片田园风光中突然出现一座巨大的现代建筑，宛如东南亚的历史遗迹。几年前，医院将后面的山头削平，增建了养护设施、康复中心、老人之家，以及其他医疗相关设施，最后还修建了当地有机蔬菜销售处和民营的健康乐园。停车场也是修得极大，在里面甚至能同时举行足球赛和棒球赛。如果你对健康养生感兴趣，这县立综合医院一带就相当于一个能玩上一天的主题乐园。为了方便病人及家属开车从高速公路和省道前来，政府从两年前开始修路，动作迅速，因此也传出了一些蹊跷的传闻，说这是为了战时医疗体制做准备。

到了大得过分的停车场，加濑正和鸣海各自熄火下车。

"这该怎么和你妈妈说啊？"他小跑到女儿身边问道。

"我们是不是应该先去问问明日美的症状？"鸣海迈步走向估计有百米宽的医院入口，回应道。

郁子、真治、明日美，加濑家也是受了这家医院不少的关照。探病的任务能在一个地方解决，真是方便，可现下两人却没心思为这点小事开心。

虽然才是黄昏，明日美却在病房里睡得香甜，大概是因为医生给她注射了镇静剂。父女二人走到病床边，低头望着明日美的睡脸。她的嘴角边有道抓痕。加濑正不由得盯着自己的指尖，想起那场混战，一阵胃疼。

一出病房，他就用走廊里的酒精消毒液搓起手来。

"爸，怎么了？"鸣海看得莫名其妙。

加濑正嘟囔着回了一句："不知道。"

两个人来到住院楼。要到母亲郁子的病房，需走过一段长长的走廊。走廊上，一辆装着晚餐的大型手推车自动地向两人的方向滑过来。与手推车擦身而过的瞬间，鸣海看到被车挡住身形的女职员，原来是她在后边一直推着。女职员对两人笑了笑，似乎在说："这辆车没你们想得那么重呢。"

看到丈夫和女儿一起来探病，郁子开心极了。她献宝似的告诉鸣海自己又从病友、访客那里听到了哪些当地的新闻：比明日美低一届的某某某离婚啦，机关里的谁谁谁酒驾被抓拿不到退休金啦，等等。一刻也停不下来，原本就温暾的病号餐彻底凉了。

"妈，你赶紧吃饭吧。"

"好好好。"郁子开始吃饭，病房里一下子安静下来。她喝着裙带菜豆芽汤，终于注意到，父女二人都是一身的疲态。

"怎么啦？发生什么事啦？"

12

　　真治虽然还是常常迷路，可自从鸣海强制他散步时把手机挂脖子上后，就很少再出现之前那种找不到人的情况了。他上午在家里看书、看报、看电视，下午三点到天黑这段时间出去散步。鸣海也陪着他一起出去过，可他更喜欢自己一个人。准备晚饭的时候，鸣海会给真治打一个电话。目的是确认他现在在哪里。为了保证真治一回家就能吃上热腾腾的饭菜，她需要配合他回家的大致时间来做饭。

　　鸣海和真治约定好每天晚上七点回家。那么六点半的时候他应该是在回家的路上了。可有一次鸣海六点四十五的时候打电话过去，发现他还在离家挺远的地方。鸣海告诉过他在散步的时候计算一下离家的距离和剩余的时间，他最近总算是能够按照她的建议行动了。可有时候他还是会找不到回家的路，鸣海就只好开车去回收这件迷路的"大家具"。

　　真治上午从报纸、电视中挑选出自己不懂的单词记下来，下午就带着笔记去散步。他一本正经地向鸣海解释："在与他人的交谈中理解词汇的含义，是一种更具有实践性的学习方式。"鸣海故意逗他："那你究竟想要变成什么样子呢？"真治回道："正常人。"鸣海哈哈大笑。这个回答确实挺不正常的。"虽然这世间词汇多如繁星，可我们却并不了解其中真意。"真治把这种苏格拉底式的行为称作他的工作。而鸣海则将真治的这种行为称为康复治疗。虽然一直没有确诊真治究竟得的是什么病，但他却一直在进行着康复治疗。

　　晚餐时，两个人会聊一聊真治当天的工作。工作一天天进行，真治也确实一天比一天更加正常。康复的含义，是回归原来的位置，而并非要回到当初的状态。鸣海正一点点地和现在的真治建立起一种新关系，她很担心不知何时一切又会恢复如初。这份不安虽令她略感内疚，可又觉得两个人目前的关系称得上是幸福，至少和原来的状态相比，现在要幸福得多。

　　"鸣海你昨天说的那个词，应该不是'污渍'，是

‘污秽’吧？"

"污秽？"

刚开始的时候，真治对于"犯了罪，脏了手""心脏得很"这一类比喻的说法总是弄不明白。别人说一句"那家伙就是个猴儿"，他必须得从头开始琢磨"猴儿"到底是个什么意思。如此一来，自然听不懂玩笑话。这天，真治告诉鸣海，说他学习了"污渍"和"污秽"之间微妙的差异，前进了一大步。

"‘污渍’可以用洗衣液洗掉，但‘污秽’处理起来就没那么简单了。"真治解释道，顺手擦掉粘在嘴边的番茄酱。鸣海在做番茄意面的时候试着放了点茄子和尖椒，真治的碗里只有茄子被剩了下来。和生病前一模一样。饮食尚且如此，其他不喜欢的事情真的都忘掉了吗？

真治虽然理解了"心脏得很"这种用法，可其实他连心是什么都不清楚。

"大家说的‘心’在哪儿呢？"

问出的问题宛如稚子。

还有一天，真治抱着一本日英英日词典找到鸣海，像是在翻看一本写满秘密的日记一般，询问道："不好意思，你能看看这个吗？"

看着真治如获至宝的样子，鸣海答应道："好啊，闲着也是闲着。"真治之前也不是不知道有词典这种东西，他一直在认真看一本便携日语词典，现在如此激动，看来这本大部头的日英英日词典似乎甚得他心。

"快看，查'心'这个词，上面写着 heart。后面还有好多解释，有心、爱情、热情、精神、核心，等等。"

真治读得起劲，鸣海却不知该回应些什么。

"你再看这本日语词典。看'心'这一条，就写了心、心里。然后就没有了！"

鸣海慢一拍地"啊"了一声，疑惑道："所以呢？怎么了？"

"什么都没说。这和什么都没说有什么两样。"

鸣海平时写信时常用的那本日语词典此时被真治高高举起，指责说所有的罪处都要归咎于它。

"这本词典里真正重要的东西一个字都没写。"

鸣海感受到真治的怒火，忙替出版社向他道歉。可真治的评论还在继续。

"但是这本词典就不一样了。'心'的真身，就在这日语的'心'字和英语的'heart'之间。我想知道横在这两个词之间的究竟是什么。这本书给了我很多的提示，真的是一本很棒的词典。"

鸣海心道：我倒是想知道你为什么会因为一本词典而狂喜陶醉。而且那本日英英日词典本就是你自己的东西。真治把她的词典贬得一无是处，却把自己的词典捧上了天，鸣海听得心里有些不舒服。第二天，鸣海像往常一样给散步的真治打电话。今天的晚餐是用真治喜欢的八丁味噌做的麻婆豆腐。真治说自己马上就要到家了。真是少见。

"鸣海，我终于成功了。虽然牵扯到很多人和事，但我总算是拿到了'心'。"

电话那端的真治听上去很是得意。

"恭喜呀。"

真治现在有了"心"，那他能理解鸣海的心吗？

顶着"工作"名头的康复治疗进展得挺顺利，真治确实越来越像个正常人，和刚刚生病的时候简直判若两人。这样下去应该能够真正去工作了吧。鸣海一直在想，当时在医院里医生说的阿兹海默症呀脑损伤啊究竟是什么病。她读了几本有关阿兹海默症的书。可真治的情况和书中描写的症状全然不同。他虽然性格变了，可记忆却很清晰，那些奇怪的言行也在逐渐变得正常。真治曾说："再稍稍工作一段时间，我就什么都懂了。"看样子，确实所言非虚。或许他确实知道自己是怎么了。那就是在演戏喽？可是为什么要这么做呢？是为了修复两个人的关系吗？真治这样的人会这么做吗？自己这些想法真是蠢透了。那究竟是谁在背后设计了一套如此繁复精巧的计谋呢？鸣海觉得自己被真治的一举一动牵动心中喜忧有些可笑，又感觉两个人现在的生活有点过家家的意思。过去的事情已经过去了，现在两个人的生活确实很开心。可真治越来越正常之后，有一个问题鸣海却越来越难以开口，那就是——"你真的是真治吗？"她最害怕真治回答一句"全部都是骗你的"，那会让她丢脸到想挖个洞躲起来。可这明明没什么好感到丢脸的。

他每天散步的时候都在做什么呢？

结果一切还是和从前一样，鸣海依旧害怕去揭开真治的秘密。

明日美住院后的第二天早晨，鸣海问真治要不要一起去医院。真治不喜欢去医院看病，说是总被医生问这问那非常麻烦。

上次出院的时候，医生让真治记得来复诊，可已经一个星期过去了，他还一次都没去过。鸣海倒是希望医生能诊断诊断真治的病情，他这几天非但没有恶化，反而在飞速好转。不，与其说好转，不如说成长更为恰当。

真治对医院非常抗拒，鸣海也没打算强迫他去看病。邀他一起，只是觉得差不多可以让他和母亲见一面了。母亲会怎么看真治呢？

鸣海解释说到医院只是去探望母亲和明日美，真治便同意随她一起前去。

13

　　大约是天天暴露在海风中的缘故，车子金属零件的边缘锈迹斑斑。老旧的公交车内空空荡荡，一驶过柏油马路的切缝处，整个车厢都颠得左摇右晃。又是一个阴天，窗外的街景向后飞去，平淡无奇，毫无特色。

　　樱井低头看着过道上的防滑沟槽，想起上个月在青森县坐过的公交。青森的公交车上铺的是木地板。由于乘客常年走来走去，木地板上磨出了一条"小路"，汽油的味道渗进木头，引出游子心底的乡愁。樱井盯着车内树脂的地板，吸了吸鼻子，心道若是换成了木质的，便不会有这种难闻的"公交车味"。

　　每次停车，都会上来几位老人。见天野大刺刺地坐在爱心专座上，樱井伸手将他拉了起来，又牵着他去握好吊环。

公交车驶过新建的混凝土高架桥，道路两旁的风景换成了一片片水田，仿佛是一块块巨大的瓷砖拼接在一起。田中的水稻还没长高，如草坪中的小草一般随着清风摇摇晃晃。

不知不觉间，车上挤满了高龄乘客，车身变重，抓地力更强。公交车一个左转，后轮碾过井盖，车胎嘎吱嘎吱直响。终点站——县立综合医院到了。

据说灭门惨案的幸存者立花明已经转移到了普通病房——樱井只打探出这一条信息。

立花明，十六岁，在市内一所公立高中读书，高一入学后不久便加入了游泳部，虽说两周之后就退出了，原因却并非素行不端。初中的时候在学生会里干得不错，惨案发生的前一天还和祖母两个人一起去了夏日祭逛庙会，根据这些信息可以想象到，她是一个很单纯的小姑娘。

樱井暗中调查了立花明的生活圈，并没有发现她和天野有过什么接触。如果两个人有了联系，应该就是在那次夏日祭上。天野当天好像也去了那场庙会。

几天前，樱井跟着天野一同去"工作"。天野展示了他是如何夺取概念的。当时夺取的是"直觉"。

夺取之后，天野便明白了，自己之所以认为未曾谋面的立花明是同伴，靠的便是直觉。

"没错，就是直觉。就是这种感觉。"

樱井来到这个小镇，遇到了满身秘密的天野与立花明，好奇这两人究竟是何关系。可天野却只用一句"直觉"来回应他，樱井不免有些失望。

天野确实对立花明有一些特殊的感知，如果这种感知如他所言是外星人特有的能力，那么用"直觉"这种平凡的词汇来称呼它或许是一种不幸。一旦将这种能力命名为"直觉"，那它便不会再是一种特殊能力，而是变成了一种尽人皆知的无聊的存在。每当我们清楚了解了一个单词的含义，眼中的世界都会被重新整理，渐渐褪色。

妖怪、幽灵、神、恶魔、外星人，以及其他一些未知的存在，我们从小就期待遇到，但又不想遇到。樱井亲眼看到了天野的工作，他知道，天野便是那种让人既期待又惧怕的存在。他自称是外星人，可能只是找不到其他合适的词罢了。尽管人类的想法最终还是要靠词汇来表述，可天野却说词汇本身并没有任何意义，他想要的是概念。

"所以我就是外星人，至于怎么称呼，真的无所谓。"

他们是什么人？又是从哪里来的呢？樱井从天野的手机中找到了他朋友的联系方式。打电话过去询问，对方说，天野从去夏日祭逛庙会那天开始就变得很奇怪。这说明，在去夏日祭之前他很正常，还不是外星人。这一点确实和立花明有些相似。不过，樱井还是不清楚这两个人的生活轨迹究竟有什么交叉的地方。

樱井虽然越来越确信天野不是人类，可又觉得自己的想法实在傻气。明明期待已久的东西唾手可得，却犹犹豫豫、难下决断。如果这个自称是外星人的家伙真是外星人，他还没有准备好如何应对。

天野的工作，是逼着对方在头脑中形成关于某种概念的意象。樱井感觉他的手法有些像催眠术。假设他的能力只是一种用催眠术完成的表演，那他在自己面前展示整个过程又能得到什么好处呢？

或许一切谜题只有在见到立花明之后才能得到解答。

樱井与天野用手肘撑着护士站的服务台。

"请问立花明小姐的病房是哪一间？"

樱井自称是立花明的亲戚。医院恐怕很快就会发现他在说谎，但是没关系，能混进去见女孩一面就足够了。

"请出示您的身份证件。"

樱井心中嘀咕：最近到医院探病都需要出示身份证件吗？还是探望特殊病人才需要？护士复印了樱井的驾照，便告知两人立花明的病房号，顺利得出乎意料。樱井担心护士忽然反应过来阻止两人探病，脚下不由得加快了速度。

地板上铺着亚麻油毡，人走在上面吱吱直响，感觉就像是地板在咬鞋底一样，天野走得兴趣盎然。两人穿过一条走廊，便看到了 F 栋住院楼，眼前的建筑是廉价的拼装房，看着像是院方强行扩建出来的。相较于医院其他地方的人来人往，这栋楼内几乎看不到什么人。好在房间都标了房号，找起来也很方便。天野看了一眼病房号，指着走廊深处说道："就在这里面。"

走廊一侧是巨大的玻璃窗，午后的阳光倾泻而入，晃得人眼睛生疼。外面不知何时起已从阴转晴，这样的好天气近来实不多见。窗外有一片缓坡，坡上是刚种不久的针叶林，树与树之间间隔相等，望上去像是一组小型模型。

樱井被阳光晃得眯起双眼，想到自己丢下正经工作大老远跑到这里来，着实有些傻气，可隐隐又升起了一丝得意。他来到立花明病房前，伸手正准备敲门，房门却一声不响地从里面打开了。

开门的是一位医生，看上去三十五岁左右，他将樱井二人逼到了走廊上，反手关上了病房的门。三个人挤在宽敞的走廊一隅，显得颇不自然。

"有事吗？"

眼前的男医生看起来更像是一位体育老师，问句虽短，语气却还算温和。

"我们是来探病的。"

"你们不是媒体吧?"

"怎么可能,我是她亲戚。我们刚才在护士站出示过身份证件呢。"

"亲戚啊……"

医生的表情显然是不相信樱井的说辞:"昨天也有亲戚来探病,病人见到他们之后情绪就变得不太稳定。"

"她是什么症状啊?"

"你没听说吗?"

樱井心中吐槽:我就是想知道也没处问啊。脸上却只能摆出一副知情的样子答道:"嗯,多少有些耳闻。"

"昨天来了今天又来……"

樱井没料到医生居然还当起了门卫。情商再低的人也看得出来,这是不想让他们见到立花明。

听出医生这是要下逐客令了,樱井急忙抢过话头:"医生啊,她不是精神状态不好,而是人格方面出问题了吧?这个小男孩是阿明的青梅竹马,让他俩见一面,也没什么大影响对吧?阿明还能换换心情,我们都很担心她呢。"

许是刚刚话未说完就被打断的缘故,医生脸色不怎么好看。樱井心想,这医生还挺小心眼。

医生简单描述了立花明的症状,大部分时间都在说自己多么辛苦，关键病情部分却囫囵带过，最后还着重强调了一句禁止探病。

樱井双臂抱胸，嘴里嘟囔着："你这是发哪门子的火啊。"立花明又不是重症病危，有什么不能探病的。

"你只说'禁止、禁止'的，那我可不接受。你得给我个合适的理由。"

两人谁也不肯退让，相持不下之际，天野突然开口道。虽然樱井一直满面忧色地提醒他别搭腔，天野还是控制不住恼火，和医生争了起来。

"我说过了，这是考虑到病人自身情况作出的判断。"

"那和'禁止'又有什么关系？"

"我听不懂你在说什么。"

"'禁止'这个词是表示命令吧，你为什么要命令我们？"

"因为那是我的工作。"

"命令是工作？禁止别人做某些事情是医生的工作？你们应该还有其他更重要的事情要做吧？只会禁止来禁止去的可救不了病人。"

天野说着，拂掉了樱井搭在自己腕上的手，似乎在说，放心，一切都交给我吧。

"请注意你说话的态度。"

医生努力保持语气温和，可内心的不悦还是隐藏不住，他瞪着樱井，责怪他对身旁的少年教导不周。

　　樱井知道，天野这是开始工作了。虽然情况会因此变得更加复杂，可拿这个男人开刀实验似乎也还不错。既然他是医生，应该能用专业词汇描述出被天野夺走概念后自己的身体发生了哪些变化吧？

　　"再和我多聊几句吧。"

　　樱井确认周围没有其他人。

　　"说起来，'禁止'究竟是什么？请告诉我吧。如果用'禁止'可以救病人的命，那你就必须要好好理解它的含义啊。你不是说它是治疗的一个环节嘛。对吧？"

　　"因为某件事是被禁止的，才会禁止人们去做呀。"

　　医生的语气俨然是把天野当成孩子一样对待，试图通过这种方式重新摆正两个人的位置。天野毫不在意，继续追问：

　　"你的解释连小学生都没办法认可。成年人总是习惯性地放弃思考。你再仔细想一想，和'禁止'联系在一起的都有哪些事情？你又为什么会禁止这些事情？喂，你是成年人吧？那就请你告诉我，为什么要禁止，为什么要命令。"

　　"'禁止'就是，命令你不可以做某件事。"

　　"和词典上写的一样啊，你用一个词来解释另一个词有什么意义呢？再好好想一想，如果我接受了你的解释，就老老实实地离开。"

天野掠夺概念，预先并没有什么明确的目标，一切都是水到渠成。他轻松地推动着对话，完全不会错过对象脑海中形成的意象。

"你一旦开始思考，便是输了。"樱井望着眼前的医生，心中默念。

"所以说，那个……"话刚出口，医生的眼珠就飞快地向右上方移动，似是要一直要钻到脑子里一样。天野深深地凝视着医生，在医生将脑海中的意象组织成语言之前，他已经触碰到了它。

"就是这样……OK，我拿走了。"

线路接通，下载瞬间完成。

医生依然呆呆地张着口，似乎是话说到一半却忘记了原本要说什么。

"你夺走了什么？"

"概念有些重叠，并不明确。"

从刚刚对话的过程来看，应该是和禁止、命令有关的含义或是概念吧。虽然生活中会用到概念这个词，可是却没有一个明确的定义，每个人的理解多少会有偏差。

天野拍了拍医生。医生短促地发出一声"哦"，眼泪顺着鼻翼飞速滑落口中。他茫然地问了一句："怎么了？"眼睛依然还没聚焦。

　　樱井并不是第一次看到天野的工作过程，可每次旁观都深感太过残酷。他其实并不清楚医生体内究竟发生了什么变化，可看着对方无悲无喜地流泪，也能确定必然不会是好的变化。

　　"来，我再问一次。"

　　被夺走概念的人会变得有些不正常。但是无法预测他具体会变成什么样子。这个男人从此将不会再想到"禁止"这个概念，但他也不一定就会"允许"所有事情的发生，事态不会如此简单。

　　"医生，希望您可以允许我们探望立花明。"

　　"不行。"

　　局面没能反转。想想也是，他的大脑里还保留着记忆和词汇，会拒绝天野二人探病也是理所应当。人类无需对任何事情都认真思考，有时候只依靠习惯和历史就可以行动。现在的医生反而比刚刚更加固执，无论天野二人如何解释、恳求，他都只会不断拒绝探病申请。

　　天野又道："'禁止'这个词有什么含义吗？没有任何含义对吧？"

　　"禁止就是禁止。"医生的解释苍白而徒劳。他应该已经感觉到了自己的思维有些混乱。似是头痛难忍，他抬手按住了太阳穴。

　　"搞什么啊，完全没变呀。"

天野焦躁不安。

难道被夺走的概念又回到了原主的脑中？樱井本以为天野的方法很不错，现在看来纯粹就是兜圈子，还不如直接把医生打趴下再进病房来的省事，对医生的伤害可能也会小得多。

老实说，身为地球人，看到同类被天野夺走了概念，樱井心里很不舒服。今后，这样的受害者还会继续增加。

事到如今，樱井早已没办法说服自己天野的能力不是真的。即便理性上认为天野没有超能力，可眼见着一个好端端的人变成了这副模样，也由不得他不相信。

"天野，够了！我们进屋吧。"

天野还固执地不肯放弃。樱井曾说过"你这个能力可以利用"，他想证明证明。只有这种时候，天野才会完全像个孩子似的。

"等我一下。算了，既然如此，我们就接着往下聊吧。医生知道'禁止'这个词。那应该是有人对你下了命令吧？是谁说了禁止？"

"是……是我，禁止。"医生的思维明显处于混乱状态。

"哈哈，这我就听不懂了。'我'就是医生？是主治大夫？那我就可以进去病房啦。为什么你可以进去，而我却不行呢？"

"你们当然不能进去。差不多行了吧,我不太舒服,没法接着和你聊天了。"

医生注意到自己脸上干涸的泪痕,贴着墙就要迈步离开。天野见状将手撑在墙面上,嘴里说着:"等等,等等。"

"你够了!"

医生大吼道,内心的情感再也压制不住,全然丢掉了冷静。

其实可以让医生就这样离开。可天野却依然纠缠不休,步步紧逼。原本只是用来学习的能力,他却已经能够熟练地用作攻击的武器,而且乐在其中。

"为什么你可以我却不行呢?我和你有什么不同?"

"长相、名字、年龄、立场、收入全都不一样!我和你这种小屁孩完全不同!"

"但我们都是人,对不对?"

"我和你不一样!"

"没有不同。都是一样的!"

"不一样!"

眼前的场景简直就像是那种危险的自我启发研究会。医生被少年刺激得情绪激愤,嘴角直冒白沫,表情很不正常。连续被夺走两个概念,他会变成什么样子呢?樱井既不安又好奇。天野则是一脸的兴致勃勃,继续提问:

"那你解释给我听。为什么我和你不一样？告诉我根本上的不同。解释得简单易懂一点。这是我最后的请求，我知道了答案就离开，不再纠缠。我和你，阁下和鄙人，老子和你小子，有什么区别？又有什么联系？来吧，告诉我！试试看！"

天野俨然一副益智问答节目主持人的模样，总结了自己的提问。

"我说……"

"给我认真想！"

天野的怒吼似是穿透了医生的大脑，把他钉在了那里。

樱井感觉自己似乎有些晕眩，但他紧接着明白了，是医生的上半身在微微晃动，才令他产生了目眩的错觉。天野配合着医生的动作，一步一步缩短了二人间的距离。他的视线刺向医生，似乎要一直看到他的脑子里去。

"……这个，我拿走了哟。"

樱井出现了幻觉，似乎有几个小人从医生张开的嘴巴里飘出来，飘到半空中。

"你做了什么？"

"我拿走的应该是区分'自己与他人'的概念吧。这次应该有效果了吧?"

医生后背贴着墙面,一点点滑落,跌坐在地上,不停地干呕。充血的双眼中有泪水滑落,干呕变成了呜咽。

"医生?"樱井蹲在他面前喊了一声。"他只是生理性流泪罢了,并不是因为悲伤。"天野擦了擦额头的汗水,毫不在意地解释道。

四周忽然一暗,想必是有云遮住了太阳。医生被夺走的概念,必然是他很小的时候就知道的东西。现在这个人的眼中,又会看到怎样的风景呢?樱井又喊道:"医生?"

"啊,不好意思。诶?刚刚在说什么来着?"

医生说完便不再开口,只是颇为稀奇地盯着樱井。嘴里流出的口水拉成一条丝。

这个人也许已经废了。

"医生,我们很担心她。可以进去看看吧?"

天野对上医生的眼神,自然地问道。

"啊,对对,很担心她。进去吧。"医生嘴里这样说,身体却一动不动。

天野转头去看樱井,一脸大获全胜后的洋洋得意:"他一下子就变得通情达理了呢。"笑容天真烂漫。

这笑脸可真让人喜欢不起来。

樱井站起身,低头看着天野:"你不是讨厌麻烦吗?

有必要做到这种程度吗？我们可是交了身份证明复印件的。"

天野的面上闪过一丝惊讶，伸手拍了拍医生的头，站了起来。这举动更加激怒了樱井。

"要是有了什么麻烦你就去解决啊。你不是向导吗？说起来，不是你让我做的吗？"

天野明显地显露出自己的不悦，伸手抓住了门把手。

他向樱井炫耀自己的能力，对方非但没有夸奖，反而生气责备，这让他整个人非常焦躁。与一周前相比，天野明显有了感情，变得更像人类了。这自然是他不断掠夺的成果，同时也表明，在这个小镇上，有数不尽的人类丢失了某些东西。

樱井自己也搞不清楚，他笔下的这个故事，真实度究竟有多少。这偶然到手的"玩具"，怕是会巨大到他根本无法掌握。

"走吧。"

天野打开了病房门，樱井紧随其后。

第二个外星人就在那间病房里。

病房内，一架薄薄的浅色帘幕挡在病床前。天野唰地将帘子拉到一侧，只见一位面色红润的少女坐在病床上。

与立花明对视数秒后，天野先行开口：

"是我。"

"啊，果然是你。"

天野回头对樱井说道："没错。"

立花明颇为自得："我就知道。"

"你在这种地方做什么呢。"

"抱歉，一开始就搞砸了。"

"我在报纸上看到了。"

少女面容依然是一派天真可爱的模样，乌黑长发则为其增添了一分女人味。立花明盘腿坐在病床上。她身上是淡紫色的连衣裙式病号服，此时裙角大剌剌地翻卷到大腿根处，也没有穿内裤。然而无论是她本人还是天野都对此毫不在意。樱井对于这二人的行事风格早已习惯，甚至还胡乱猜测，刚刚的医生禁止外人来探病怕不是因为病人这种豪放的穿着。

那两人似乎瞬间就认识了彼此。

"你也是外星人？"

"嗯？"听到樱井的问题，立花明笑了起来。

天野从冰箱里取出一瓶水，解释道："我们不是外星人。如果非要下一个定义的话，应该是同伴。对吧？"

"嗯，你说的没错。对了，他是谁？"

"我的向导。特别优秀。"

樱井从天野手中夺过水瓶，喝了一口润了润嗓子，又急忙问道："那现在的情况是，你的外表是立花明，但其实身体里是其他东西？"

"没错。对了，刚开始的时候你有没有吓一跳？那是什么呀，金鱼吗？"

天野淡淡地回道："是金鱼。"

见樱井一脸疑惑，又解释道："我们刚到地球的时候，进到了金鱼的身体里。哎呀你看，就是这种形状的东西，我也不是特别清楚。"

樱井终于弄清楚了这两个人在说什么。原来他们刚到地球的时候，进到了鱼的身体里，以鱼的视角接触这个世界。不过，他们马上就意识到自己选错了附身的对象。那些在水池外打捞他们的巨型生物才是这个地球的主人，才是此行的目标。

"啊，居然附错了身，真是吓了我一跳。"

立花明一笑起来活脱脱就是一个单纯的高中女生。

在和金鱼的神经回路固定到一起之前，他们必须将自己转移到人类体内。

"如果另一个人现在还是金鱼，我们要怎么办？"

这也太随便了吧？你们可是外星人啊。樱井只觉得立花明的话太过愚蠢，有些吃惊。

虽然樱井想问的问题堆积如山，可当前还是先从医院脱身要紧。立花明的主治医生变成了那副模样，必然会招致问题。樱井心想，拐骗身处罪案漩涡中的少女，这可真是赤裸裸的犯罪啊，他还交了驾驶证的复印件，警察立刻就能掌握他的身份信息。然而他还是带走了立花明，虽也有些破罐破摔的心理，但更多的是出于一种社会正义感——那个时候，他真的认为，只有自己才能揭示外星人的存在，这一切都是为了社会正义。现在不是犹豫的时候。外星人的向导这种工作可不是随随便便就能遇到的。

樱井将还瘫在走廊上的医生拖进了病房。医生整个人像丢了魂一般瘫软在那里。

"你们两个人先在这里等着，我现在去找车。在我回来之前，如果有人进来了，你们就说不认识这个医生，也不知道发生了什么。然后趁着混乱躲起来，躲在卫生间也可以。天野，你带着手机吗？"

天野把露在口袋外面的一截手机绳拉出来给樱井看了看。樱井确认天野带着手机后，又补充了一句："我们逃吧。"之后便走出了病房。

天野打开了手机，对立花明说道："我的向导很能干吧？"

"太好了，终于要自由了。"

"说起来，你的向导呢？"

立花明指着滚落到地板上、已是半个废人的男人回答道："是他。"

樱井大步走出拥挤不堪的普通门诊候诊室。一路上，他数次自言自语道："我一定是疯了。"

急诊病患常用的出入口有保安把守着，对面就是坐出租车的地方。还好有三辆出租车停在那里，不过也有可能已经被别人预约了。樱井一辆一辆询问，其中一辆车没有人预约，可以乘坐。真是幸运。

"啊，前两天真是谢谢您了。"

这声音分明是在对自己说话。樱井紧张得心脏怦怦直跳。他没出息地想：我居然如此胆小。回头去看，只见一个男人站在不远处，有些面熟。

"真巧啊，那天谢谢您帮忙。"

原来是他。樱井刚到这个小镇时，在路边拾到的那个男人。他当时拿着金鱼，走路走到脚上都是伤。

金鱼？

"小真！"

通向停车场的步行道上，一个女人喊了他的名字。

出租车司机一脸"我很忙"的表情，对樱井道："您还坐车吗？"

樱井想起那天在出租车上看到的情景。一个骑自行车的男人在这个男人面前跌落在地，泪流不止。

"我坐车。请等我五分钟。我叫樱井。"订下出租车后，樱井转身走向病房。

第三个人就在他眼前。

樱井觉得，不应该让这个男人和天野见面。男人被樱井无视，站在出租车站一脸孤寂地望着他的背影。

"小真，走啦！"

远处，另一个向导挥手喊道。

14

"哎呀，真是稀客。"

郁子看到真治出现在病房，有些吃惊。

鸣海知道，母亲是因为担心她，才没有抱怨过女婿一次都没来探病。开口的第一句话着实是因为吃惊，听不出什么其他的意思，可之后难免还是有些讽刺的意思混在里面。

郁子只对鸣海说过一次"离婚的事情你再仔细想想"。现在看到鸣海带着真治来看自己，心想难道是终于下定决心要离婚了？于是不由得摆出了娘家人的姿态。

鸣海向母亲解释说真治现在休假在家，尽量不提及生病的事情。

"所以他现在一直待在家里，对吧？"

　　鸣海没提工作的事，她知道，说真治赋闲在家能让母亲安心，而这句话说出口时她自己也莫名开心。就像是刚开始交往的情侣会不自觉地在大家面前秀恩爱，在母亲面前，鸣海也不由得流露出了这种快乐。

　　"一直以来都是鸣海在照顾我。之前我常常不在家，两个人难得有时间在一起，现在这样子就挺好。人这一辈子并不是只有工作呀。"

　　想不到真治现在竟然会说出这样一番话来，鸣海和郁子有些缓不过劲儿来。

　　母女二人的表情似乎在说："您是哪位？"真治感到气氛有些诡异，见二人均不接话，赶快作出一副焦虑的样子补充道："啊呀，怎么了？我说错什么了吗？"

　　郁子笑道："没……没说错。现在这样挺好的。真治呀，你说得太对了。我终于见到孙子的面啦。"鸣海平时很少看到她这样开心大笑。

　　鸣海心想，事情哪里有那么简单，但也没有和母亲详细解释真治现在的病情。没必要让母亲一起跟着瞎担心。刚一知道女儿女婿感情好转就提孙子的事情，母亲还真是不会聊天啊，鸣海只觉得头痛。

　　真治似是掌握了讨郁子欢心的方法，对着鸣海露出一个笑脸，说道："妈都这样讲了哦。"

　　鸣海使劲推开真治的脸："你烦死了。"郁子望着他们两个人，笑了起来。真治变成现在这副样子后，两个人还一次都没有上过床。

鸣海感觉到，真治在和母亲交谈时，已经可以熟练地使用复杂的社交辞令和幽默玩笑。作为一个在社会讨生活的成年人，这项技能是必须具备的。可她还是怀念一周前那个木讷的真治。一周前，鸣海还是真治的保护者，是如同母亲般的存在。但不知何时起，真治已经将她当作妻子、当作女人来对待。鸣海望着真治和郁子在一旁聊天，他口若悬河，毫不冷场。她总觉得真治表现得太好，怎么看都像是在撒谎装病，又暗笑自己怕是有被害妄想症才会如此疑神疑鬼。

"不好意思啊，妈，我问你一个问题，可能有点奇怪。你觉得他……怎么样？"

突然听到鸣海的问题，郁子收起了笑声。真治也转头看着鸣海。鸣海在他的目光中似乎看到几分责备。几秒钟的沉默过后，郁子开口回答道：

"嗯。挺好的。"

鸣海真的不知道母亲为什么会说一句挺好的。她又不是来问母亲自己可不可以嫁给这个人。母亲敷衍的回复令鸣海有瞬间错愕，她回了一句"算了"，结束了这个话题。

真治跳出来打圆场："怎么了鸣海？怎么突然这么

问。"听着像是在缓和气氛,也像是在掩饰些什么。无论是自己的病还是"工作",他只告诉过鸣海一人。

"我出去一会儿。"

鸣海说罢走出病房,将真治留在了房中。她和医生约好,要去谈一谈明日美的病情。

到了精神科的窗口,鸣海报上姓名,一位护士出来领着她走进一个房间,看上去像是医生们的会议室。墙壁和桌子都是同样的米色。屋子里有一种新建筑特有的味道。墙上还有几个不规则的洞,洞里垂下绑成一把一把的电线一样的东西。可能这屋子还真是新装修的。屋内除了鸣海没有别人。

两位女护士笑着打开房门。可能是没想到屋内有人,又或许是没想到有非医护人员出现在屋内,两人看到鸣海,均是一脸惊讶,说了声"抱歉",随后立即关上房门离开了。鸣海正准备起身打招呼,见状又坐了下去,叹了口气,在这样的房间内坐着总让人静不下心来。

鸣海内心不安,自己被特意引到这样的房间来,难道是明日美病情严重?

她按照约定好的时间来找医生,结果在这间屋子里等了四十分钟。综合医院事多人杂,看个感冒常常也要等上个两小时,今天等这四十分钟,她也没觉得生气,只是独自一人待在这样安静的房间里，感觉像是被软禁了一样，鸣海不禁愈发不安起来。

她看着天花板上的半球形监视器，心想难道他们在用我做实验？正当她的不安开始转化为妄想时，医生们终于出现了。

"不好意思，让您久等了。"

医生明朗的声调略微缓解了鸣海心中的不安。打头的两个医生一位看上去四十多岁，另一位年纪要更大一点，后面还跟着一位女医生，三十岁左右，和鸣海差不多的年纪。看着医生三对一的架势，鸣海有些畏缩。

她见过三人中年纪最大的那一位，他是真治当时的主治医生，名叫车田。

"您好。您丈夫出院之后身体怎么样？"

车田医生找了把椅子坐下来，对鸣海说道。

"托您的福，还好。"

"听说您母亲也住院了。"

"嗯，我妈是因为疝气。"

"疝气啊，也是挺折腾人的。"

"是啊。"

会议长桌摆成了"コ"字型，医生和鸣海相对而坐，三对一的场景像是在面试。

"诶？今天不是要谈我妹妹的病情么？"

"对，同时我们还想再和您谈谈。"

接着，坐在三人中间的三浦医生自报了家门，他昨天和鸣海聊了许多。

昨天，鸣海将自己从泽木那里听来的情况详细告诉了三浦医生。三浦医生还向坐在一旁的加濑正确认了情况。加濑正只是简单回应"嗯""是"，并不多说，将一切都交给鸣海处理。

"也就是说，令爱现在不把家人当成是家人，对吗？"

加濑正答道："就是这种感觉。"三浦医生听完后"嗯"了两声。看他的反应，明日美的病例似乎很常见。

在被送到医院时，明日美非常亢奋，没办法接受检查。之后在护士的安抚下，她渐渐平静下来，喝了药，睡着了。也就是说，在对明日美本人进行检查之前，医生从家属的描述中已经对病人的病症有了判断。

当时三浦医生对鸣海说："明天先对病人进行详细检查，之后还要和您聊一聊。"

鸣海现在回想起来，医生当时的应对确实耐人寻味。可她昨天太累了，看医生态度并不是很严肃，也就没想那么多。

因为明日美还在接受检查，鸣海今天依然没有见到她。

年轻的女医生做完自我介绍后，车田医生微微前倾身体，开口问道："您刚刚说……说'托您的福'，是在说您丈夫的事吧。他出院以后恢复得不错，是吗？"

"嗯，还不错。不好意思啊医生，一直没有来医院复查。"

"这样啊，那他现在恢复到什么程度？"

"怎么说呢，他现在变得正常了。"

"哦……"

车田医生一脸严肃，鸣海心里有些打鼓：怎么了？有什么不对吗？能不能不再纠结真治的病情，聊一聊明日美好吗？

医生告诉鸣海，明日美已经冷静下来，上午医生对她进行了心理咨询，以防万一，还给她的大脑拍了片子，现在还在继续检查，在做心理测试的卷子。

"说实话，她的身体和精神几乎都没有问题。"三浦医生嘴上这样说，可表情却有些忧郁。明日美非常正常，只除了一点，那就是她对于家人、血缘完全无法理解。不，与其说是无法理解，更像是她对这个话题说不出什么东西来。

鸣海还没有亲眼看到过明日美最糟糕的状态，也想象不出来，但就是觉得应该和真治初期的病状有些相似。但真治那时候"不知道的东西"可是多如牛毛。

车田医生像是拥有读心术一般，说出了鸣海心中所想：

"她和您丈夫的症状很像对吗？当时我们是第一次遇到这种症状，以为这是其他什么脑科疾病的表现，现在想来，他或许就是这种疾病最初的患者。"

"最初的？"

"这一周医院接诊了许多和您丈夫症状相同的病人。我们对这些病人进行心理辅导后了解到，他们每个人都对某个特定的事物无法理解、无法思考。比如令妹，是无法理解家人之间的关系。"

三浦医生补充道："我们认为，应该还有更多潜在患者没有到医院就诊。"

鸣海虽然不知医生们为何要对自己说这一番话，但也可以理解他们想要说的是什么。

"所以说，这是一种传染病？"

"不不不，我们在患者身上没有检查出细菌或病毒。真正的病因目前还没有找到。"三浦医生一筹莫展。

虽然还未查明病因，但也不能排除传染病的可能性。真治是目前可以确定的第一个病例，而且病情逐渐好转，这对于医生而言无疑是个好消息。

"我们可以再对您的丈夫进行一次检查吗？"

"啊，可以是可以。不过虽然说他现在好多了，可那也只是我自己的感觉罢了。"

鸣海心知，真治的好转并不是自己的错觉，他的成长简直是日新月异，医生们若是见到了现在的真治，心中会有何判断呢？她莫名地产生了一种不好的预感，对医生的要求下意识地含糊带过。

其实，医生们提到的问题非常严重。有一些人失去了关于某个特定事物的概念或含义。比如，一个人知道苹果、香蕉、水果这些词，可当有人问他水果是什么时，他却没办法将这个词和具体的认知联系起来。如果这个人还是个果蔬店的老板，就更加好笑了。可这并不是笑话。之前有故事说，一个男人发现他的手指可以自己活动，觉得非常奇妙，沉迷其中，最终发狂。可怜的果蔬店老板可能也会同那个男人一样，在一堆水果的包围中，努力思考"水果"是什么，想得入魔，最终发疯。

"关于这一点，我们应该怎样和患者解释呢？根本没有办法解释呀。"

鸣海忍不住被自己脑内的想象逗笑了。车田医生见状继续热心地向她介绍当前的情况："我接诊的患者，几乎所有人丢失的都是社会文化方面的抽象概念。很多人因此而变得生活困难。比如，一个上班族失去了关于人才、责任的概念，而且他本人还发现不了，事情就会变得更加麻烦。他根本没有办法再继续工作。类似的例子还有很多很多。季节、国民性、文化、生活、死亡、嫉妒、信仰、人心、梦想。还有人丢失了数字和时间的概念，那就彻底没办法好好生活了。无论我们怎么解释说明，他们就是理解不了。"

车田医生的表情和语气中全然是束手无策的无奈。

三浦医生也抱怨道："有些人缺失了精神方面的概念，那可真是让人受不了。"

屋内的气氛越发沉重，鸣海很想问一问明日美应该怎么办才好，可最终还是没问出口。在一片沉默之中，窗外传来直升机螺旋桨哒哒哒哒的旋转声。车田医生听到后，抬头望着天花板，自言自语道：

"这之后，是和平，还是战争？"

房门打开，有护士来找车田医生。

"要不要去看看令妹？"

三浦医生站起身对鸣海说道。

鸣海沿着走廊一步一步走向明日美的病房，脑中却在想着真治。车田医生刚刚举的几个例子中，有几个就是真治在"工作"时学习到的成果。

她来到明日美的病房前，开门走了进去。

妹妹看到鸣海，招呼道："啊，你好。"这措辞显得二人不像是姐妹，更像是朋友，而且还不是亲近的朋友，只是见过几次面的熟人。

"你没事吧？"

"啊，还行。"

明日美不知道应该把鸣海这个人摆在自己心里哪一个位置上。她一开始思考这个问题，就会胸闷想吐。与鸣海一同度过的那些浓墨重彩的时光依然残留在她的脑海中，可是已经变质成了一段段苍白的记忆，如梦一般缥缈得让人抓不住其中的关键。她看着眼前的鸣海，就好像是看着现实生活中的另一个自己，直叫她心里发毛。两个人的交谈客套而空洞，如隔靴搔痒，只停留在表层。原本距离自己最近的一个人，却变成了永远无法触及的存在。明日美害怕这种无法用语言表达的感觉，她将视线从鸣海身上移开，低头对护士一阵耳语。

护士将明日美的话转达给三浦医生，他听后打开了病房门，对鸣海道："我们出去吧。"

鸣海询问三浦医生明日美最后说了些什么。

明日美只说了一句话："这个人好可怕。"

三浦医生说明日美可以立刻出院。又开口建议道："我虽然不想这么说，但还是觉得令妹暂时和家人保持一定距离比较好。"

最担心明日美的家人，却变成了她最害怕的存在。父母能理解吗？鸣海觉得自己的心脏像被人用绳子勒着捆了起来，难受得厉害。

"她会恢复吗？"

"我也不能确定。"

三浦医生转身离开。鸣海一个人留在长长的走廊上，一动没动。虽然三浦医生刚刚提到，明日美也可能会像真治一样痊愈，可直觉却告诉她，两个人的情况虽然看着相似，其实并不相同。真治和明日美那样的病人不一样，完全不一样。

原本应该返回母亲的病房，可鸣海却神情恍惚地沿着走廊走到了医院大厅，在长椅上坐了下来。医院药房通知取药的声音透过麦克风回响在整个大厅。鸣海抬起头，看到一串串数字排列在电子显示屏上，像是彩票的中奖号码。鸣海盯着屏幕上交替变化的数字，她知道，就算自己坐在这里，也绝对不会被叫到名字取药。这一点毫无疑问，可心里却不知为何有一丝失望。

电子屏幕上显示的等待时间与鸣海毫无关系。屏幕旁边，挂着一个大石英钟。听着表针咔嚓咔嚓走动的声音，就好像是能看到时间的流逝。现在差不多要到下午三点了。上午的乌云已经被风吹散，阳光透过玻璃窗投射到地板上，晒得地板都好像要烧起来。光线的明暗对比显得整个楼层仿佛蒙上了一层淡淡的阴影，鸣海焦躁中忽然生出了一个阴郁的念头——医院马上就要消失了。

鸣海内心隐隐有些不安，她动了动嘴唇，无声地说道："放过我吧。"耳边又响起愚蠢的"叮咚"声，似乎是在回应她："已经无法停止。"

手机铃声突然响了起来，鸣海有些后悔没有把它设置成振动模式。周围有几个人瞪了她一眼，似乎是在斥责她没有社会公德。还好只是短信不是电话。

短信是真治发来的：

"我饿了。现在正在医院里探险。"

真傻。鸣海心道。可是又觉得自己更傻，居然因为短信里的几个颜文字就放松下来。她站起身，离开了大厅。

"你现在在哪儿？妈呢？"

鸣海边走边偷偷摸摸地发短信，还附带了一个生气的表情。又突然觉得自己怕不是脑子进水，现在这种情况还不忘记发个颜文字。

"我发现了一个特别大的小卖部。妈要小憩一会儿。"

"我在一楼药房这里，你快点过来。医院里不能用手机！"

鸣海背靠着大厅墙壁，心想：今天就这样回去吧，真治不去见田医生应该也没什么问题。

等了没多久，真治悄悄站到了鸣海身旁。她既没有吓一跳，也没和他多做交谈，只说了句"走吧"，便迈步走向医院大门。

两人走上通往停车场的步行道，真治突然说了一句"等我一下"，转身向出租车上客点走过去。真治在和一个人说话。应该是他认识的人吧。鸣海懒得走过去打招呼，就停在原地等待。

"小真！"

还没等一分钟，鸣海就开口喊了真治的名字。这样怕是会惹人厌烦吧。鸣海又喊了一次，也不等对方回应，独自继续向停车场走去。

鸣海上车没等多久，真治就开门坐在了副驾驶位置上。

"我肚子饿了。晚饭吃什么？我们去喝酒吧，就去前两天去的那家店。清酒真好喝啊，我喜欢。"

鸣海本打算转钥匙开车，闻言又停了下来。

"现在才三点呢。不过，你从很久之前就特别喜欢清酒。"

"啊，这样啊，我以前就喜欢清酒啊。"

"你呀，喜欢东北产的稍微有点冲的清酒……喝醉的时候总是说：烧酒里最好喝的是冲绳的泡盛酒，好吃的好喝的不是在北边就是在南边。还记得吗？"

"我当时说得太对了。啊，好想去北海道旅行啊。"

真治按了下电动车窗的按钮，没有反应。刚刚鸣海只是把车钥匙插进锁孔，并没有转动。"车里挺热吧。"鸣海说着转动钥匙，发动引擎，又伸手打开空调。

"小真，我听医生说，最近镇上多了很多和你一样的人。"

"和我一样的人？"

"医生说让你到医院检查一下。"

"我已经没事啦。"

"说这好像是会传染的病，要检查检查。"

会检查出什么结果呢？只有真治身上有这种病的抗体？

"我不去医院。"

真治口气强硬地回应道。

"那你每天散步时都做了什么？"

鸣海的语气也不由得带上了责问的味道。无论是作为妻子还是向导，她都必须要问这个问题。

"我散步的时候，只是和遇到的人聊一聊天。"

镇上与明日美症状相似的人不断增加，真治每次出门回家后病情都会有所好转。鸣海还没有认识到这两者间有什么因果关系。但她可以确信，医院对真治进行检查之后，得出的绝对不会是什么令人开心的消息。

"我没有生病。有疾病是通过语言传染的吗？没事的，鸣海，没什么需要你担心的。听话。"

"我也不知道自己是怎么了，总是会想到一些可怕的事情。"

"不要胡思乱想，我们现在过得很好啊。"

15

櫻井上车后告诉司机先开去站前广场。

他思索着：立花明的失踪会上电视新闻吗？她在这世界上已经没有什么亲近之人，要是医院能把这件事当作丑闻隐瞒下来就好了，可这里面还牵扯到警方，想必瞒是瞒不住的。

被天野伤害的那位医生也是个不稳定因素，不知道他还能说出多少证言。或许当时从病房出来的时候，就应该若无其事地和护士站的护士打声招呼，没准还能从嫌疑人变成证人。

警方和医院一旦确定立花明失踪，必然会立即联系櫻井与天野。不过警方也只是知道两人的家庭住址，没办法立即掌握他们究竟藏身何处。櫻井上车后下意识地说了句去站前广场，可其实心中也不知道该去哪里。

樱井坐在副驾，扭头向后座看去，只见那两人正各自欣赏窗外的风景。他瞥到立花明没有穿内裤的下半身，心道："必须给她买一身衣服啊。这病号服也太显眼了。"

"立花，你穿多大码的衣服？"

"M号。啊，也许是九号？"

"鞋呢？"

"二十三号。"

樱井将立花明的尺码记在笔记本上，又询问司机附近有没有商场。

司机将车停在一家超市的停车场。樱井下车去买东西，临走时还叮嘱天野二人不要下车，口气宛如家长。

樱井一路小跑进了超市，地下一层卖的是食品，地上一层则是生活杂货、化妆品和服装。他站在入口处盯着超市地图，看了半天也不知道服装在哪一区，忍不住抱怨道："这画的都是什么啊。"越看越心烦气躁，注意力怎么也集中不起来，那种感觉就好像是看书的时候有一段内容读了好多遍，却依然搞不清楚它究竟说了些什么。

他应该带着这两个人去哪儿呢？

"啊，不好意思，请问服装柜台在哪里啊？女式的。"

一会儿再想吧。樱井小跑着直奔女士服装区。这超市很是宽敞，充分利用了地价低廉的优势。

女装区刚巧还有几个女高中生。这可真糟糕。樱井故意当着女学生的面翻开了笔记本，其实他记得立花明穿多大码的衣服，这么做只是为了告诉她们——我买女装是工作需要，可不是因为变态。

樱井给立花明买了一件连衣裙。裙子穿在身上，就算有点不合身，应该也能凑合。要是买的是裤子，长度不合适还得改裤脚，他可没有那闲工夫。

"该死，忘记问她文胸穿多大码了。"说罢，又想到自己这一脸阴郁地嘟嘟囔囔着实好笑，不由得笑出声来。一个男人站在女士内衣区呵呵低笑，无论他是出于什么原因，在旁人看来确实就是个变态。

樱井回想了一下立花明的身材，挑了套差不多大小的内衣放进购物筐。结账的时候，又请工作人员给他开具了不需要写付款人姓名的收据小票，总算是还没有完全放弃抵抗。

在女鞋区，樱井发现自己还有闲心去考虑哪款鞋和刚买的连衣裙搭起来好看，于是稍稍镇定下来，心想：我这不是挺从容嘛。

他盘算着警察应该不会马上来找自己，于是决定一会儿让出租车先开到自己租的短期公寓去。

"这裙子好透啊。下面是不是得再穿点什么啊。"

　　樱井心道你之前可是连内裤都没穿呢，口里答道："别要求那么多了。"手里也没闲着，开始整理起自己的东西来。天野坐在一旁双手抱胸，似是在思考些什么。

　　"天野，怎么了？"

　　樱井看了一眼手表，问道。此时已经是下午四点多了。

　　"我本以为，我们的工作在这两个星期里应该都完成得差不多了。可没想到这家伙成果太少，根本派不上用场。趁着警方还没有真正展开搜查，得尽早和第三个人会合。"

　　看来天野也明白当前是个什么情况。

　　"诶？可我不想空着手回去啊。我也想要工作。"

　　"你就算了吧。"天野果断截住了立花明的话头。

　　"啊，你怎么这样啊。"

　　樱井查看了一下录音笔还剩多少电量。

　　"天野，安全起见我们还是换个地方吧。我去租辆车。租车之前，我想问立花明几个问题，可以吗？"

　　"问吧。"

　　天野心情不好，应该是因为立花明工作完成得太少吧。可他们又是什么时候互相确认了工作成果呢？樱井一头雾水。立花明丝毫没有担心害怕的模样，反而是被樱井的问题勾起了好奇心。

"说吧说吧，要问我什么？"

"我想问问你家都发生了什么。"

樱井说着按下了录音笔的开关。

立花明的叙述大致还算条理清晰。

夏日祭那天，真正的立花明和祖母一起逛庙会，开心地玩起了捞金鱼。池子里有一只金鱼就是眼前这个"立花明"最初的宿主。"它"很快便离开了金鱼，转移到祖母体内。

"我刚开始寄生的那具身体还挺老的。"

祖母虽然被它"寄生"，可第二天早晨醒来后，还是出于身体本能到厨房准备早餐。"它"就在祖母体内观察老太太的一举一动。祖母在削南瓜皮的时候，不小心划伤了大拇指肚。瞬间的疼痛刺激了身体内的某些东西。

"我那时刚刚才转移到人类的身体内，对于人体还一无所知。"

手指流出的血引起了"它"的兴趣，为了扩大伤口，"它"控制着老太太将刀尖扎进了自己的手指。更多的血涌了出来，一直滴到胳膊肘。

立花明的母亲见状急忙上前按住老太太，可老太太却悄无声息地转身将菜刀插进了她的腋下。刀尖穿过骨头的缝隙，精准地切开了肺和心脏。"它"稍稍动了动菜刀，鲜血就狂喷而出。

"然后，你又接着研究了？"天野问。

"嗯。我咔嚓卡嚓地将那个女人的身体切开，血就咕咚咕咚地冒了出来，哇，可好玩了。"

"笨死了，你把人切了，她的感觉器官就没办法分析身体上的感觉了，你还怎么研究。"

立花明的父亲从二楼的卧室下到一楼，一进厨房就踩到了黏糊糊的血，脚底一滑。

"之后他便处于一种我并不十分理解的情绪之中。当时发生的一切我都无法理解，就想让他告诉我。"

然后"它"便用菜刀和男人进行了一场"相互理解"，结果又是血肉横飞。当然，出现这种情况，归根结底还是因为"它"没能用语言和别人好好沟通。

看那夫妇二人没了动静，"它"便只好研究起自己寄生的这具身体。研究到一半，意识里突然闪过一阵噪音，"它"立即想到，这种感觉可能就是同类们常说的"消失"。于是慌忙从老太太体内转移到附近身体健康的立花明身上。

"我当时心想，啊呀，这情况看来不妙啊，于是就转移到现在这个身体了。"

由于多次更换宿主，"它"进入立花明体内后，花了很长时间适应新的身体。所以立花明在医院的那段时间才会像是被吓得"失了魂"。她恢复意识后，人格发生变化，也并不是因为受到了精神创伤，而是受到了外星人的操控。

"我没想到事情会变成这样。"

天野听了立花明的经历，一脸惊愕："你成功寄生到人体后，如果能先把那具身体内的数据全部检查一遍，对这个世界就会有个大致的了解，哪还会惹出这些风波。"听他的语气，仿佛立花明只是犯了个寻常的小错。

天野向樱井解释说，它们和人类的存在方式是不同的，单凭它们自己，无法参与这个世界，于是便寄生到人类体内，掠夺人类的思维方式和神经细胞的功能。这些事情天野原本就了解，只不过现在可以用人类的语言表述出来。

它们的工作目标只有一个，就是进入宿主体内，以宿主脑中积蓄的信息为基础，去收集概念。樱井心想，它们应该就像是一种程序，在大脑这个神经网络上四处游走。那它们就没有什么自己的想法吗？

"谢谢。我了解得够多了。多谢。"樱井关闭录音笔，叹了口气。

樱井站起身来，留下一句"我去租车"，便关上单薄的房门，离开了短租公寓。

立花明也从床上站起来，打开衣柜门，在镶在柜门内侧的穿衣镜前照来照去：

"这衣服和我搭吗？"

"还行吧。"天野依然躺在床上。

　　樱井站在自动售货机前，打开钱包后发现，里面的现金比他想象中的要少。他买了瓶矿泉水，入口后感觉水分一点点浸透自己的身体。

　　樱井想成为新闻记者。他之前一直在一家三流周刊写些无聊的文章，两年前辞职成了一名自由撰稿人。为了确保文章见报后能自己的名字，他尽可能地写一些固定的题材。可即便如此，他距离真正的记者还是差得很远。有时候，他也会对自己很失望——既没有远大的志向，也没有做记者的才华。

　　"外星人来袭"这种上世纪的新闻题材，现如今还有谁会感兴趣呢？可如果真的有外星人来袭击地球呢？常识告诉他，"外星人"这种东西只是新闻噱头，可近来亲身经历的桩桩件件又明确地提醒他，"外星人"真的来了。

　　樱井可以确定，那两个人不是人类。可是，他真的可以确定吗？会不会其实只是因为太想相信他们不是人类，才产生了一些错觉？或许是他太想要干一番大事业，所以才会妄想出自己遇到了外星人。外星人来袭？这么孩子气的新闻，不用说刊登在报纸上，就算是放在网上也没什么人会点进去看。现在又不是奥逊·威尔斯①的时代。

樱井脑中只有一个念头:"我一定是疯了。"

如果天野的超能力只是一种类似催眠术的东西,那么又该如何解释他与立花明的相遇?他们二人应该从未见过,可见面几秒钟之后就能够完全明白对方的想法。立花明一直在医院,不可能和外部取得联系,应该也没办法与天野提前商量好一切。如果他们俩是在做戏,那在樱井面前演这一出又能获得什么好处呢?

他们自称外星人,演了这么大的一出戏,究竟是想要谁看到呢?

"不会是我。我应该只是偶然成为了这出戏中的人物。那这出戏的结局又会是什么呢?"樱井自忖。

难道是征服地球?

"我一定是疯了。"

他也可以将天野和立花明扭送到派出所,结束这场闹剧。现在回头还来得及。

樱井冷静下来,开始分析眼下的情况,他即将成为一起诱拐案的嫌疑人,为了这件事,要把自己的人生整个

---

① 奥逊·威尔斯(Orson Welles,1915—1985),美国著名电影导演。此处提及,或许是因为他曾担任科幻小说《世界之战》(*The War of the Worlds*)所改编的广播剧的导演和主播。这部小说为 H. G. 威尔斯所著,以火星人入侵地球为题材。广播剧播送后,有观众因对内容信以为真而产生恐慌。——编者

搭进去吗？这件事是什么？是自己想做的事吗？

自己打算做的是什么？

证明外星人的存在，守护地球。

"为了这个理由，倒是很值得搭上这一辈子。"樱井笑了。

既然已经疯了，那就顺便成为一个拯救地球的大记者吧。自己就像是故事中的堂吉诃德，这感觉还挺不错。

若只是因为怕搞错了弄个大乌龙折了面子，就认定天野说的都是谎话，那损失可就太大了。只有大傻瓜才会相信小丑说的话，可如果小丑说的是真话，若任事态发展，恐怕就会导致无法挽回的严重后果。小丑的恐怖之处，就在于他的满口谎言中隐藏着真实。

搞错了就搞错了，也没有什么大不了。笑着蒙混过去就是了。

樱井走进电话亭，翻开了镇上的电话本。他记得第三个人的名字。加濑真治。他翻到电话本中姓加濑的那一页，一个一个打电话确认。

最近，愿意将家中电话号码登在公共电话本上的人越来越少，不过好在这个小镇不大，即使接电话的不是加濑真治，也有可能是认识他的人。樱井为了多破些零钱，又去买了一瓶果汁，虽然他并不怎么想喝。

就在零钱快要用光的时候，他终于找到了认识加濑

144

真治的人。樱井自称是加濑真治的高中同学："我正好来到这个镇上，想和他见一面。您可以告诉我他的联系方式吗？"

加濑正不疑有他，把女儿家的地址和电话号码告诉了樱井。

樱井突然想到，或许并不是只有他一个人天天满脑子都是这些蠢念头。第三个人，一定也有自己的向导。

他感到自己正在一点一点接近真相，越发激动起来。

樱井用了十五分钟走到站前广场，在萧条的商业楼里找到了租车公司的店面。为了租车，又不得不出示了身份证件。如果加濑真治也同天野一样整天在镇上转悠，他们俩至今都没碰到，也算是个奇迹。警察可能已经开始展开搜查，樱井觉得自己与天野、立花明三人最好不要乘坐公共交通工具。

他从租车公司那里也拿了一张收据。如果他的所做所为是正确的，那这就是一份很重要的工作。没准政府之后还会出资补助呢。下定决心之后，樱井的心情也轻松起来，还能想一想这些乱七八糟的玩笑话。

樱井运气不错，店里还有空车，他能开车回短租公寓。汽车一发动，AM广播的声音就响了起来，正好在播实时新闻。说的还是要开战的事。美军决定对邻国进行空中轰炸，美军主导，日本支援。而这个小镇就是日本自卫队开展后方支援工作的重要据点。小镇今后怕是会更"热闹"吧。日本就在邻国的射程范围内，可能也会沦为战场。这次局势可不同于十年前的西亚战争了。

自卫队的车队正好从樱井车前驶过，他忍不住抱怨："人类现在哪里还有闲工夫自己打自己啊。"可又有些后悔——要是自己当时能好好跟进这条新闻线就好了。

他的采访对象虽然变了，可追踪的新闻依然与世界和平有关。樱井感叹道："意外之敌竟居于身侧！"颇似戏文中的台词，言毕一脚油门开了出去。

樱井将车停进公寓附近的投币式停车场，又给天野二人买了饮料。他不打算继续做向导，他现在是外星人的同伴。

樱井租的房间在二楼。他上楼开门，看到的就是两个人光着身子纠缠在一起。天野的背上还有一滴一滴的汗珠。

"你们在做什么？"

"没什么，不是说实践出真知嘛。"

天野说完，不再开口，只是一下一下地摆动腰肢。立花明黑色的长发铺在枕头上，随着天野的动作微微晃动，她定定地望着天花板，眼神中没有一丝感情。

樱井不知为何突然感到恶心。

16

　　屋内静得听不到一丝声响，鸣海神色怏怏地打开电视，所有频道都在播报同一件事。

　　她对着电视愤愤说道："事已经够多了，能别再添乱了嘛。"

　　"怎么了？"

　　"要打仗了。"

　　真治像婴儿一样爬到电视前。屏幕里，那些所谓的有识之士毫无意义地争论个不停。真治凑近电视盯着屏幕。突然，画面消失了，空气中还残留着一丝节目的余音。

　　"我们出去喝酒吧，虽然时间还有点早。"

　　真治闻言回头看去，只见鸣海拿着遥控器站在自己身后。

鸣海清楚，她不能一直沉溺在与新真治单纯快乐的生活中，还有很多事情得问个明白。真治一天比一天变得头脑清晰，口齿伶俐。鸣海感到，他们两个人之间的关系已经不对等了，真治隐隐要压她一头，今天就应该把一切都说个清楚。

看着妻子十分积极的样子，真治轻快地答应道："好啊。"

乡下的居酒屋都有自己的停车场。这组合看起来像是个引诱人酒驾的圈套，不过大家虽然是开车前来，可酒足饭饱之后，还是都会叫代驾把自己送回去。鸣海算了算往返的出租车费和单程代驾的费用，最终决定："我们走着去吧！你不是很擅长散步嘛！"

从鸣海家到商店街的那家居酒屋，坐地铁两站地，走过去三十分钟。两个人穿上了前两天一起去买的运动鞋。鸣海的是耐克的经典款，真治则选了一双亚瑟士的跑鞋。鸣海当时还打趣他："装备挺专业嘛。"鸣海的耐克还特别新，真治的亚瑟士已经穿得很软很随脚了。她看着真治的双脚，心想早知道应该给他配一个计步器。

今天天气还算不错，没有平时那般阴沉沉的乌云，抬头可以看到湛蓝的天空。算是梅雨中歇吧。傍晚时分，在这样的天气里散步，感觉也不错。特别还是夫妻二人一起。

两个人走在住宅区内，四周几乎没有其他行人，鸣海心中不知为何涌出了几丝怀念。大概是因为黄昏的缘故吧。天空自海天相接的那一条线起，一点一点被染成了橘色。空气中飘着不知从谁家传来的饭香。二人并肩而行。

"你想吃什么？"

"炖菜。"

"因为你闻到炖菜的香气了吧？"

两个人有一搭没一搭地聊着天，走到商店街的时候，天色已经开始暗了下来。

鸣海听到一阵粗粝、嘶哑的声音，像是有人对着小喇叭嘶吼出来的。二人走到商店街主街，看到一个青年正拿着喇叭宣传反战。

电视上经常会播放一些全国各地的反战游行，但是眼前的青年和那些人略有不同。他没有传单，也没有旗帜，更没有穿着相同 T 恤的伙伴，只是独自一人站在那里嘶吼。

"这场战争，我们每个人都有责任。"

青年穿着 T 恤、短裤和沙滩凉鞋，拿着个喇叭，头发乱蓬蓬的。没有人在听他说什么，也没有人将视线停留在他身上。

"我们将很多的东西绑在自己身上，不愿意放手。很多的东西。我已经注意到了。这样下去，我们会变得圆滚滚的，要怎么办才好呢？我们这个样子是没办法获得自由的。"

以获取财产为目的的扩张是战争的根源，不知餍足的欲望如疾病般不断蔓延。青年的观点像是一位贯彻清贫的宗教徒，又像是憧憬乌托邦的共产主义人士。

青年微笑地看着鸣海与真治。鸣海心想：他疯了。青年拿着喇叭继续自己的演说：

"我之前一直是一个废柴的家里蹲，直到遇见了一个人，我的人生自此发生了翻天覆地的变化。那个人将我从牢狱之中解救了出来。他也许就是那个唯一的、特别的存在，就是那个可以帮助我们、帮助只是奴隶的我们卸下枷锁的存在。"

在这个小镇上，自卫队的车队四处巡逻，病因不明的怪病无声蔓延。电视上，不同阵营为了"战争"的事情吵翻了天。妹妹明日美也变得性情古怪。鸣海这两个星期虽然与真治相处愉快，可内心却充满不安，那份不安就像是蒙在小镇上空的梅雨季的天空。鸣海看着眼前的青年，觉得他就是这一切的象征。她实在看不下去了，转身离开。可真治却一直盯着那个青年。

"我想要向大家介绍那个拯救了我的人。"

青年提高了音量，引得几人驻足。

鸣海张口欲唤真治一道离开，可再次响起的喇叭声却将她还未出口的呼喊盖了过去。

"快过来啊！小真！"

青年的喊声听得鸣海心脏怦怦直跳，急忙跑回真治身旁问道："他是谁啊？"

真治还记得那个青年。他很想知道失去概念的人会变成什么模样，所以一直在观察。他记得自己与青年在海边相遇，从他身上夺走了关于"所有"的概念。

"他是丸尾。"

丸尾又高声喊道："小真！"

丸尾的喊声引来几个路人的目光。鸣海觉得既丢脸又恐惧，心中一片混乱，一把抓住了真治的手腕。

丸尾缓步走向夫妻二人："小真，我终于见到你了。我真的是找了你好久好久啊。"他的表情和动作非常诡异，像是轻飘飘地浮在空中，直让人心里发毛。鸣海拉着真治的手腕，转头便逃。

丸尾见状，似是故意拿起了喇叭冲二人喊道：

"地球上的生活你还习惯吗？喂！等一下！"

鸣海一面留意着路人的眼光，一面提速，脚下生风，宛如竞走，脑中整理起刚才发生的一切。

"小真，你为什么要逃啊！"

真治并没有积极配合鸣海的逃离行动，受他牵累，两人很快就被丸尾追了上来。丸尾绕到两人面前，他的眼睛微肿，像是大哭过似的，头发被汗水浸湿，黏在额头上。

"小真，你不要逃跑啊。"

"我没有逃跑。好久不见。"

"我一直想见你。"

鸣海闻言心道：果然如此，这个人一定也和明日美一样。

丸尾做了几次深呼吸，调整好气息，满是血丝的双眼紧紧盯着夫妻二人。

他笑着说道："从遇到小真那天起，我就变了。我自己也吓了一跳。之前所有的一切，不知为什么，都显得那么愚蠢。不过，这是个好变化。我感觉自己从某种束缚中解放了出来。虽然不知道那束缚究竟是什么。"

鸣海从他的脸上看到了一种迫切，像是有什么东西在追赶他一样。丸尾干裂的嘴唇黏在了牙齿上。他在等真治开口，真治却没有回应。

事已至此，鸣海也明白了大半，看来，真治是对这个青年做了些什么。

她抑制不住，开口问道："小真，你对这个人做了什么？你散步的时候做了什么？"

丸尾听到鸣海的问题中提到了自己，便自豪地回答道："他解放了我。他将那些在社会上不断蔓延、不断蔓延的狗屎一样的东西，还有我大脑中猖獗的害虫，都驱赶走了。是吧，小真？并不是我不适应这个社会，只是因为之前的一切都是错误。那天我们看到的 UFO，是导弹呢，邻国发射的。一切就是从那一天开始的。小真告诉我的，就是这件事吧？对吧，我……"

丸尾说着，伸手抓住了真治的脚腕。他像一个狂热的信徒般跪倒在真治脚下。鸣海心中升起一阵厌恶，下意识走到二人中间隔开了丸尾，丸尾忽然脱力，摔坐在地上。

丸尾就那样坐着，一动不动，毫无反应，鸣海惊恐不安，甚至有一瞬疑心他是不是快要死掉了。

丸尾仰头看着真治，一串串泪珠从眼中滚落下来：

"喂，小真，你告诉我吧。你究竟，对我做了什么？"

行人驻足围观。印着"空中轰炸"四个大字的号外报纸哗啦哗啦贴着地面飞过。"啊啊啊啊！"丸尾发出毫无意义的喊叫声，似是在恐吓，又像是在向众人控诉些什么。

真治对眼前的一切恍若未见，闭口不答。

"我们走吧。"

鸣海牵起真治，一步步倒退着从丸尾面前离开。丸尾对着二人的背影大喊：

"喂！小真！如果你拥有那种能力，请救救我吧！救救大家吧！这绝对是个错误啊！"

鸣海牵着真治，低头疾走，忽然哭了起来："我真是受够了。"

两个人的关系本已降至冰点，有一天却陡然生变。她其实一直都感觉得到，新的真治和新的生活并不是那么稳妥，似乎一切都只靠一层薄薄的皮裹在一起，随时都会分崩离析。但是她从没有想象过事情会变成这样。

小镇上发生的一切，必然与真治有关。

真治像个孩子一样被鸣海牵着走，嘴里喊着："鸣海、鸣海。我，我有话要和你说。"

鸣海回头看他："我猜也是。"

你必须要告诉我你的康复治疗有什么诀窍。你究竟是什么人？

两个人继续沉默地散步，走到公园一处长椅前，坐了下来。

公园里，几个中学生在挑战三人骑车，他们大笑着从二人眼前骑过。铜花金龟子不停地撞向高高的路灯，咚咚直响。

　　鸣海拉过真治的左手放在自己的腿上，又将自己的手叠上去。这样的动作最近她做起来越发自然了。

　　"我啊，其实是外星人。"

　　真治说得一本正经，鸣海却笑出了声。

　　"鸣海你别笑啊。"

　　"因为我和明日美也说过呀，说你简直就像是个外星人。"那会儿真治才刚刚出院回家。

　　"诶？我看上去那么像外星人吗？"

　　"人类呢，会把那些举止怪异的人叫作外星人。"

　　"对不起，我真的是外星人。"

　　这算是什么道歉。

　　掠夺概念的外星人，小镇上散步的侵略者。

　　"小真，你说的哪些话是认真的？"

　　"全部都是。我绝不说谎。"

　　"能发誓吗？"

　　"对谁？"

　　"神明。"

　　"我可以发誓啊。但我不太了解'神明'这个词。"

　　真治的"工作"是收集概念。他之前并不知道学习的对象会失去那些概念，也本无意引起如此大的骚乱。

　　"原来如此。"

　　鸣海并不相信有外星人，但也不打算和真治争论。

真治的确自庙会那日起便判若两人，这一点她最清楚不过。

"那真治去了哪里？"

"就在这里啊。"

"我不是问这个，我是问原来的真治。"

"我占用了这具身体的脑神经回路。我拥有这具身体内所有的信息，从这一点来看，我是真治的一种可能性。我只是一种功能。"

"我听不懂你在说什么。"

"重点就是，我就是真治。而你是我的妻子。什么都没有变。"

"还是变了。我喜欢小真。现在的小真。"

"太好了，我也喜欢你。"

最后一次从真治口中听到这样的话是什么时候？不知何时起，她渐渐对甜言蜜语丧失了免疫力，现在猛一听到真治的告白，还有些回不过神来。

"我们俩呀，早就过不下去了。你知道吗？"

"知道啊。但是现在不是越过越好了吗？"

"这是多亏了外星人？"

"没错，真治也做到了呢。"

"那，我们就一直、一直这样过下去吧。"

鸣海其实明白，他们两个人不可能一直这样生活下去。

总有一天，他会像奥特曼里面的外星人那样变身的吧？

医院那边对真治很感兴趣。如果他们对真治进行检查，无论是发现了病原体，还是判断出真治是地球外生命体，都必然会是个大麻烦。

"你不要再使用什么奇怪的超能力了。如果政府知道你就是引发怪病的原因，会把你抓走的。求你了。不要再去散步了。"

"我没有办法停下来。"

"求你了。"

"你是我的向导啊。已经太迟了，你也是共犯。"

共犯？他在说什么东西？

一辆卡车从公园旁经过，发出一阵长鸣。鸣笛声在鸣海脑中回荡不散，她感觉到自己与真治的距离似乎变远了一些。

"明日美变得古怪也是因为你吗？"

"没错。我原本没有打算夺走你身边人的概念，但是当时我还不知道妹妹这种存在是什么意思。对不起。我不知道她对你那么重要。"

"你太过分了！"

似是在回应鸣海的控诉，一只铜花金龟子啪的一声掉在真治脚边。小小的昆虫使出全力，想要爬到运动鞋的鞋面上。真治站起身，模仿那些向公众道歉谢罪的企业负责人的举动，对着鸣海低下了头。不远处有一对情侣好奇地看了过来。在旁观者眼中，这场面简直就是分手时的修罗场。鸣海深吸了几口气让自己平静下来。

"不过真是太好了。"真治擅自开始转移话题，"我所说的你全部都能理解。那现在我要问我的向导一个问题。刚刚你提到了'神明'，我和其他人聊天的时候也常常听到这个词。不过现在还没找到和这个词相匹配的概念。哪些人特别熟悉神明的事呢？"

听到真治还是用向导这个词来称呼自己，鸣海心里蹿火，甩出一句"我不知道"，把问题堵了回去。

真治心生疑窦，暗忖难道大家都很不喜欢谈到神明的话题？于是开口询问：

"神明不是很重要的东西吗？"

"你要问什么？"

"你相信什么神明？"

这问题问得可真糟糕，鸣海忍不住笑出声来。这简直就是劝人信教时才会说的台词啊。真治望着鸣海，一头雾水，不知道她在笑些什么。鸣海有段日子没在真治脸上看到这种表情了。

"说不出来。我们人类不擅长谈论对自己来说很重要的东西。"

158

听完鸣海的回答，真治更迷惑了：

"那也许还有很多重要的概念我没有收集到。"

"你可以试着问问对方'恶魔'是什么。它是'神明'的反义词。"

鸣海不自觉地给出了建议。真治的表情一下子亮了起来：

"原来如此！你果然是共犯。是个好向导。"

"不要再喊我向导了！"

鸣海心道：你甚至称呼我共犯都可以，就是不要喊我向导。总觉得这两个词是有区别的。

真治安抚她道：

"你是个好妻子。谢谢你。"

说罢他开始向后倒退，似乎是要去取落下的什么东西："我去去就来。"

鸣海恳求道："等一下！……果然还是不行。你停手吧。"

真治断然拒绝：

"我没办法停下来。"

17

　　樱井和两个外星人一起过了一晚上，现在正心不在焉地看早间新闻。

　　电视里在播战争的影像资料，年代久远，樱井看后并没有产生什么真实感，可一想到战争已近在眼前，心里还是有些不舒服。而且他现下还有一对新的侵略者要应付。

　　"要解决的问题还真是堆积如山啊。"他望着二人的睡颜，低声叹道。

　　樱井走出了公寓。上午的阳光意外地强，他还没走五分钟就已经晒得全身是汗。

　　樱井进了一家便利商店为天野和立花明买东西吃，随手拿了三明治和饭团。结账时用的是信用卡，依然开了发票。不过在收银员询问备注项目填什么时，他竟想回答对方说是"饲料"。

便利商店外的吸烟区有一个青年靠在公路自行车旁啃着面包，见到樱井走过来抽烟，便上前搭话。青年跳过寒暄，上来就说了一通对于战争的担忧。樱井心想，战争才不是眼下真正的问题，随之内心升起了一种奇妙的优越感。可他马上又觉得自己有些幼稚，掐了烟对青年说道："这时候打仗可真是太蠢了啊。"

青年戴好墨镜，转身跑远了，两条大腿肌肉异常发达。停车场里一辆长途卡车开车点火，柴油发动机轰轰作响。

那个被天野逼疯了的医生现在怎么样了？自己是不是已经成了诱拐案的嫌疑人？樱井想起这些问题，却并没有感到荒谬与恐惧。

如果他现在被警方逮捕，所说的证言全部只会被当作胡言乱语。樱井不希望自己只是被当成变态而关进监狱。他在医院留下的个人信息只有名字和在东京的住址，警方应该不会立即找到这间短租公寓来。

塑料袋勒得手疼，樱井换了只手提，心里不住盘算：比起带着天野和立花明上演公路逃亡大片，现在更应该做的，是去和加濑真治的向导见上一面，对方也许和自己有着相同的烦恼。

"你还记得我喜欢鸡蛋三明治啊。真厉害。"

天野拿到了爱吃的饲料，满心愉悦。

"什么是'喜欢'？"

立花明还在和饭团的包装纸作斗争，闻言询问道。

樱井虽然还摸不透天野和立花明究竟有什么超能力，可他们两人亲口承认过，他们的身体和普通人类无异。不如就把他们绑在公寓里？不行，那未知的超能力依然是个威胁。就算他们不会像吃三明治一样把人撕了吃掉，可樱井心里清楚这二人并非人类，他没有胆量公然违逆他们。毕竟眼前这两个可爱的少年，的确做得出堪比杀人的狠事。

"我出去一趟。你们两个最好不要出门。可能会招来麻烦。"

"你要去哪里？"

天野问道。他的眼神和语气似乎看穿了些什么。樱井心中恐惧，解释道：

"我们最好离开这个小镇。离开就要准备很多东西，对吧？你不能离开这里吗？"

"倒也不是不能离开。只不过要等找到第三个人才能走。"

"你说得没错。"樱井附和道，心想：我们倒是想到一起去了。

　　樱井离开公寓，进了一家商务酒店一层的咖啡厅，坐下来打开了笔记本电脑。这家咖啡厅是整个镇上唯一一处有无线网络的公共区域。

　　"请您在阅读这封邮件时不要认为它很可笑。"

　　樱井给东京一位值得信赖的朋友写了一封邮件。他将自己这两个星期和天野一同行动时的记录，以及自己写的一些热血文章的草稿整理提炼，小心挑出事实部分写进邮件中。附件中还添加了天野工作时他偷拍的照片以及采访二人时的录音。

　　樱井想知道，对方收到这样一封邮件会有什么反应。可他整理了这几天的资料后才发现，自己手里的东西没有一个可以成为证明外星人"工作"的直接证据。支撑他观点的，只有"亲眼所见"这一极其主观的个人经历。樱井点击发送键，心想对方怕是不会相信自己所言的。

　　咖啡里的冰块已经全部融化了。樱井一口气喝完咖啡，玻璃杯上凝结的水滴滴落在脚面上。他打了个哈欠，活动活动肩膀，突然意识到自己一直在盯着窗外路过的高中女生的腿看。

　　"我在这儿磨磨蹭蹭地干什么呢？"

　　他现在该做的，是去见一见加濑真治和他的向导。之后的事之后再说。

玻璃沙拉碗里盛满了冰水和素面。饭桌上还摆着应季的新姜、紫苏叶、葱花、姜末、芝麻和其他佐料。鸣海和真治沉默地吸溜着面条。

明日美的病、医生的话、街边遇到的青年、战争，鸣海的脑子被这些事撑得快要爆炸了，偏这时候真治又跑来袒露心声。她昨夜心中难受极了，欲哭无泪，可一夜过后，那种感觉却仿佛这碗中融化了的冰块一般，变薄变淡。碗中只剩下素面漂在汤水里。

"小真，你昨天说的是真的吗？你真的是外星人吗？"

"嗯，没错。怎么了？"

"没什么。"

鸣海说完又默默吐槽自己：怎么会没什么。可不论那句"没什么"是否符合现实，总归是她心中的真情实感。

"对了，小真，我们接下来应该怎么办？"

"唔。我得和同伴会合才能确定之后的行动。不过就这样过下去也不错。"

"不行。如果镇上的怪病真的是因为你，我没办法袖手旁观。"

即便愿意相信他是外星人，鸣海也无法眼睁睁地看着镇上和明日美、丸尾一样症状的人越来越多。

"果然还是有问题啊……对了，你上次说的'恶魔'，我拿到了，多谢。不过'神明'还是不行，太难了。"

"哦。"

鸣海放下筷子，站了起来。

她没去洗碗，而是坐在檐廊上思考接下来应该怎么办。必须要工作啊。

真治站在鸣海身后，抬头看着天空：

"阳光挺强啊，梅雨季还没结束吧？我出去散个步。"

鸣海没有回应。她感觉得到真治在自己身后站了一段时间。等她发现身后似没人时，扭头去看，真治早已没了踪影，只听见玄关推拉门嘎啦嘎啦的开合声。视线突然落在饭桌上的沙拉碗上，她看见有小飞虫飞了进去。鸣海向后一仰，躺倒在地板上，整个人放松下来。初夏的香气令人发困，可她却觉得自己闭上眼睛怕是要做噩梦。

门铃声响起，鸣海惊醒过来跑到玄关开门，一个男人站在那里，正拿手绢擦着后脖颈。男人说他叫樱井，想见一见真治。

鸣海慌忙收拾饭桌。当她得知眼前的这个樱井就是将马路上瞎转悠的真治送到医院去的好心人时，便没有办法开口拒绝他"我能在这里等真治吗"的请求。

"真治先生最近如何？病情有所好转吗？"

"嗯，还行吧。"

鸣海心想，难道这个人知道真治那诡异的三天时间里发生了什么？

"樱井先生发现真治的时候，他是什么样子？"

"怎么说呢，简直就像是个外星人？"

樱井故意用了"外星人"这个词。

"哈哈。外星人这种东西，真的存在吗？"

鸣海也试探道。

"嗯。我认为存在。"樱井原本只打算装作轻松闲聊，可却不由自主地加重了语气，"其实我有一个朋友就自称是外星人。他也是个怪人呢。不过我真的认为，我们之中混进了外星人也不是什么怪事。披着人皮的恶魔不是到处都有么。电影里也常常有'我的邻居是外星人'之类的桥段。这些可能只是都市人群内心不安的一种反映，对于我们来说，将外星人刻画得和人类一样，会比那些巨大眼睛的形象更有真实感。我并不是想说什么'外星人和恶魔都只存在于人心之中'这一类的心灵鸡汤。现在这个国家正一团混乱，准备参战。可比起即将来临的战争，大家烦恼的还是晚饭吃什么、班上的女同学怎样怎样之类的小事。同样，如果有外星人要来侵略地球，我们也无能为力，甚至都会觉得那不是真的。我们完全没有做好防御的准备。所以呢……"

他觉得自己的声音似乎是从远处传来，听不真切，越扯越远，还没提到自己真正想说的东西。樱井发现鸣海直勾勾地盯着自己，脱口问道：

"所以，加濑夫人，您也是向导吗？"

鸣海沉默片刻后答道：

"是的。"

樱井笑得在地上打滚儿。如果不是她已嫁为人妇，他甚至想和她结婚。他拼命抑制住笑声说道："噗哈哈哈……我，我也是向导。我们俩这种人，就我们俩，居然是外星人的向导。"

鸣海全然不知樱井在高兴些什么："不好意思，向导究竟是什么？"

樱井直起身来，姿势变为正坐，端正恭敬地询问道："加濑夫人，您做好心理准备了吗？"

樱井感觉得到，因为"向导"这个彼此知晓的单词，他已经跨越过了二人间最大的障碍，他以为现在在鸣海眼中，自己是一个有明确身份的"正经"人。

"不好意思，您说的外星人，是真的吗？"

"您的丈夫也是这样对您说的吧？"

"没错。可是……"

"我知道您想说什么。可是我们没有闲工夫去讨论这些事情。为了方便，现在就把他们称作外星人。加濑夫人，我和你情况相同，我的身边有两个外星人。他们的外表非常可爱，可其实是真正的怪物。"

鸣海心中不太舒服，哪有人上来就说别人的丈夫是个怪物的。

"他们是……怪物吗？"

"不错。您也知道他们都在做些什么吧？"

"我不知道您家的外星人怎么样，不过我家小真可是非常听话的。"

"您看过他工作的场面吗？而且他现在已经不是真治先生了，他是外星人。"

"他是真治。"

"他不是。"

"您虽然说了这么多，可有一点是不会变的——即使变成了外星人，真治也还是真治，是不是？"

"并不是，真治先生的人格现在已经被外星人霸占了。"

樱井对这另一位向导有些失望。也许是他期待过高，期望对方能和自己拥有相同的危机感。他压抑着内心的焦躁。两个人一见面就达成共识，宣言"地球由我们二人守护！"总归还是不太现实。

樱井换了个轻松的坐姿，将双腿曲放在身体一侧，听着檐廊外面传来的阵阵蝉鸣。

"总之，我认为真治先生不能和另外两个外星人碰面。"

"您说得不错。"

这倒是鸣海内心真实所想，她真的不希望再惹来什么麻烦事了。

与天野相比，真治似乎性情温和。这很可能是因为他和向导是夫妻关系。樱井心里盘算，与其和天野、立花明为敌，不如与鸣海一起对真治采取怀柔政策，说不定效果更好。

"那两个人正在寻找真治先生。我也不希望还有人再受到他们的伤害。所以，今后真治先生不能出门。"

樱井这一番说辞俨然是将自己的意见当成唯一正解，听得鸣海有些恼火。

"这事怎么能做得到呢？"

樱井也觉得鸣海走不出夫妇日常生活的框框，心里着急上火：

"那他现在，还是会出门从遇到的人那里掠夺概念？"

"估计是。"

"加濑夫人，您不能这样出尔反尔。他看上去确实是您的丈夫，但其实并不是。他们在做的事情是犯罪，您不能成为共犯。"

"那我应该怎么办才好？"

"所以我才会来这里和您商量。"

二人皆因心中焦躁而闭口不言。屋外响起蝉鸣，似是要掩饰这种沉默。

"樱井先生，您想要做什么？"

"我想要谈一谈。"

"真治真的是外星人？"

"我不是说了嘛，至少他们不是人类。现在已经出现了受害人。"

"我们两个人去旅行，去无人岛，这样也不行吗？"

"别开玩笑了！您究竟要站在哪一边？！"

在外星人这件事上，鸣海与樱井的认识完全不同，樱井为之愕然。这样看来他岂不是成了个傻子？樱井下意识地站了起来，蝉鸣声不停，似是要黏在耳朵里不出来，他瞪了一眼蝉鸣传来的方向，又开口道："抱歉……首先，你需要承认他们这些外星人的存在。"

鸣海没有回应。这世上只有一个人可以理解樱井，他们本来应该成为同伴，可现在这位同伴却对他不理不睬，真让人心急如焚。

鸣海低着头，无所事事地转着无名指上的戒指。于她而言，真治首先是自己的丈夫，其次才是外星人。她与真治的关系，和樱井、天野、立花明三人之间的关系是不同的。樱井犯了一个错误，他没有注意到自己与鸣海的前提不同，就直接切入主题和对方讨论。爱人是外星人。这种设定，确实换了谁遇到都束手无策。

"抱歉。我没有考虑到您的心情。"

"没关系……"

樱井还在想要怎么开口,背后忽然响起嘎啦嘎啦的声音,像是有人在踩着小石子走路。他转过头去,看到檐廊对面,一个人影逆光而立。是真治。

"咦?"真治看着樱井的脸,眯起了眼睛。

樱井心想,这个时间点真是糟透了。真治露出微笑,走上了檐廊。

"你好你好。前两天在医院我还和你打过招呼呢。你忘了?是我呀。对了,鸣海,就是他把我送到医院去的。真是不好意思,当时也没谢谢你。咦?难道你们俩认识?"

真治坐到樱井身旁,继续流畅地聊天:"哎呀呀,蝉都开始叫了,阳光也有点夏天的意思。我感觉脑袋晒得疼,就回来啦。男人是不是不能用遮阳伞啊?您也是男人,您怎么看这件事呢?。"

樱井惊得瞪大了双眼。那天在医院停车场遇到的时候,因为情况紧急,他没有发现,真治和当初简直判若两人。而且真治和天野不同,他有很强的社交性。可能是因为真正的真治和真正的天野本就性格不同吧。

"我真吓了一跳。您和当时比起来简直判若两人。"

"哪里,托你的福。当时真是多亏你照顾。对了,鸣海，你去给客人倒点茶吧？"

"嗯。"鸣海嘴里答应，却没有动身。局面有些微妙。

真治打破了沉默："嗯？怎么了？"

樱井提起了兴趣：他还挺会看气氛啊。不过，眼下应该怎么办？

"樱井先生说想和你聊一聊。"

鸣海轻描淡写的回答似乎是在宣告自己站在真治一方。樱井恨恨地瞪着鸣海：这爱情不仅能跨越国境，还能跨越星球啊？

"啊？你要和我聊什么？"

可恶，他怎么这么和气？简直就像是一个普普通通的好人。樱井看着眼前的两个人，鸣海毫无危机感，真治则是平凡普通。他有一瞬间对自己的想法产生了动摇。从某种意义上说，这两个人没准是最强组合。为了不让自己的这个故事以南柯一梦收尾——不，倘若是南柯一梦倒也不错——樱井直截了当，开口便问：

"你是外星人吧？"

"这是说什么笑话呢？"真治朗声一笑。

"你不用隐瞒。你是掠夺概念的外星人，小镇散步的侵略者。对吗？"

真治表情瞬间一变，似乎脸上的肌肉全部回到了原本的位置。这反应还真是单纯易懂。

“鸣海？”

“不是我说的。不要怀疑我。”

“对不起。”

果然是个外星人。樱井冲着真治挑衅一笑。

“或许……你还认识其他两个人？”

“不认识。”

“难道……你是向导？”

樱井佯装不解，鸣海斜眼瞥了他一眼，直截了当地回应道：“他应该就是。”

“喂！”樱井站起身来。

“原来如此。你可以告诉我他们在哪里吗？”

“不行。”樱井愤然拒绝，转身向檐廊走去。他望着庭院，噜噜噜噜地挠头，简直全乱套了。

“算啦。我还想再享受几天这样的生活呢，是吧？”

真治微笑着看向鸣海，鸣海却没有回话。

看到真治神色如常，樱井也渐渐冷静下来。与天野二人相比，真治似乎能够正常沟通。樱井打算花时间问问“他们”今后的打算。

“你就是真治吧？”

真治忽然认真起来，回答道：“没错。”他认真的模样令鸣海深深不安。真治用手碰了碰鸣海，似乎是在向她道歉。樱井站在檐廊，背对着两人，无所顾忌的小声嘟哝："你是外星人啊。"

"是又如何？"

真治的语气里明显带着敌意，樱井瞬间有些胆怯。真治站起来继续说道："应该没有人会觉得外星人真的存在。对于我们而言，这个词用起来倒是方便。很少有人会像你一样这么认真地谈论这个词。哎呀，这一点倒是值得表扬。"

"……你不是越来越像外星人了吗？"

"多谢夸奖。"

两人相视而笑。

真治的客观理性令樱井感到惊叹。

"幸好您是成年人。我有好多事想要问您呢。接下来我会带您去找另外那两个人的。我毕竟是向导嘛。您能告诉我今后有什么打算吗？"

听了樱井的这番话，真治只是像西方人一样耸了耸肩。樱井回了他一个笑脸，低头看了眼手表："不好意思，借用一下卫生间。"没关系，他还有时间。

卫生间的门是传统的日式推拉门，里面却是崭新的马桶，看上去不甚协调。墙面和人眼睛齐平的位置装了置物架，上面摆着备用的卫生纸和几个小型的手办。樱井发现，里面有一个就是《玩具总动员》中的三眼外星人，不由得嗤笑：

"那么，就让我来问一问地球的未来吧。"

18

    樱井刚一转身离开，鸣海就开始七手八脚地收拾东西，钱包、化妆包、太阳镜，甚至是读了一半的口袋书，全都胡乱塞进小小的包里。"我们快逃吧。趁着麻烦事还没缠上来。小真，钥匙。"

    真治有一瞬间的迟疑，但还是回了一句"赞成"，一把抓起了置物架上的车钥匙。

    鸣海将脚伸进运动鞋，眼睛一瞥，看到了旁边那双穿旧了的白色匡威。是樱井的鞋。她提起那双匡威，走出玄关，把它们扔到了隔壁的院子里。

    "真是吓死我了。"

    鸣海分神留意着倒车镜里的情况，叹了一声。

"嗯。不过我还是得让他告诉我，我的同伴在哪里。"

"你的同伴是什么样的人啊？"

"这个嘛，我也没见过他们，不太清楚。"

或许他们根本就不是人？鸣海这样想着，兴趣缺缺地"哦"了一声，开车上路，却不知要开去哪里。

她手里有樱井的名片，可以随时联系。这第三个人的出现，使得鸣海无法再对丈夫外星人的身份置之不理。或许她应该和樱井认真谈一谈。可眼下，鸣海想先和真治两个人单独聊聊。接下来日子要怎么过下去？

接下来。

"小真，你刚刚说'再享受几天'，'再享受几天这样的生活'，是什么意思？"

他的人格变了，可外表、声音、举止都还是原本的模样。初遇时甜蜜的回忆、婚后无休止的争吵，他都记得清清楚楚。即便外人说他是外星人，可鸣海却依然感觉，眼前的这个男人就是真治。若真如樱井所说，是外星人操控了真治，那这两个星期和自己相处的人又是谁？他只是在假扮自己的丈夫？

虽然鸣海一想到真治体内的外星人正笑着看自己因它时喜时忧，就忍不住有些蹿火，可她其实并不知道外星人在想些什么。如果真治的那一句"我也喜欢你"只是外星人的恶作剧，的确令人扫兴，但鸣海却不觉得那是恶作剧。侵略者要真有了与恋人诉衷肠的服务精神，那才是真正的扫兴，可若说讨好妻子是外星人侵略地球的第一步，未免让人笑掉大牙。

他是外星人，同时也是真治。他是真治，但也是外星人。

虽然丈夫自称是外星人，可他也并没有说自己不是加濑真治。对自己说"我喜欢你"的那个人果然还是真治，这样想一想似乎生活又重燃了希望。真治的身体里并没有多出来一个外星人，他只是切换了开关。鸣海这样想到。

真治昨天曾说过："现在的我，是真治的一种可能性。"直到两个星期前，夫妻二人的关系一直都在谷底。虽然不知生活这排纽扣是从哪一颗开始扣错的，但两个人原本是可以改善关系，变成和现在一样的。鸣海想起那一句"真治也能变成这样啊"，就觉得那也是对自己的指责。是因为自己什么都没有做，两个人才会变成那样的吗？

丈夫出轨都是妻子的问题——鸣海虽然不会认同这种愚蠢的想法，可还是忍不住会想，如果自己当时采取了什么行动，两个人的关系是否就有可能好转？她在心里祈求着两个人可以一直生活下去，可别人却并不知晓。这一次总该吸取教训，她得好好想一想接下来要和这位外星人丈夫怎么过下去。接下来。

鸣海在等真治的回答。

"我会在适当的时机结束工作。不结束不行啦，事情变成这个样子，再继续下去会惹出麻烦的，你说呢？"

"结束？结束是什么意思？"

鸣海关心的恰恰是结束之后的事情。

"怎么说呢，通俗点讲，就是我会回到自己的世界。"

鸣海握着方向盘，她的视野里突然出现了真治的食指，指向天空。

"等一下。你不是真治吗？真治会变成什么样子？"

"会结束呀。"

"等等，等等，难道不是变回之前的真治吗？"

"我之前说过了，现在你眼前会动的这个是我啊，心和身是不能分开的。"

鸣海不清楚变成外星人的真治会回到哪里，但可以肯定的是，那里一定不是人类居住的地方。她可以想象出，真治口中的"回去"究竟代表了什么意义。

"我才听不懂呢。"鸣海耍起了性子。

与天野二人一样，真治体内的"它"也是从金鱼身上转移到加濑真治体内的，它亲眼看到自己离开金鱼之后，金鱼停止了活动。

"我用金鱼确认过了。"

"别说了。"她不想再听下去。

"我离开之后，这具身体就不会再动了。用你们的语言来说，就是死了。"

鸣海正开车下一个缓坡，前方不远处铁路道口的警报器突然响了起来。她一脚踩下刹车，拦车杆将将擦着车头降下。警报器的声音异样地有些跑调，勾起人心底的不安。道口飞速通过一辆电车，和平日里在月台上常常见到的，感觉全然不同。经过铁路道口的它，是一团暴力飞驰的铁块，拥有荡平一切的力量，是死亡的象征。拦车杆上的提示灯原本只有右侧箭头亮着，忽然左侧箭头也亮了起来。亮灯的瞬间，警报声突然变得急促，逼得鸣海喘不过气来。眼前驶过的一辆货运列车，集装箱就像是一面无法碰触的巨型高墙，遮住了眼前的道路。

鸣海坐在微型车小小的座椅上，呆呆地盯着前方。突然，右手边的窗户响起咚咚咚的敲击声。鸣海转头去看，一张男人的脸就紧紧贴在玻璃上，吓得她仓皇失措。是樱井。

她完全没注意到樱井的车就紧跟在后面。鸣海降下车窗。樱井用压过轻轨轰鸣声的气势大喊："加濑夫人，拜托了！这不仅仅是你们两个人的问题啊！只有我们，只有我们才知道这个镇上究竟在发生着什么。真治先生！求你了！请告诉我，外星人究竟是什么！"

　　轻轨已经开走，樱井的最后一句话就显得那么不合时宜。他低咒了一声"见鬼"，转头去看拦住鸣海他们的拦车杆，待他看清对面来人之后，不由得倒吸了口冷气。

　　站在拦车杆对面的，是拿着雪糕的天野和立花明。天野立刻就看到了樱井，挥手致意：

　　"喂，你干什么呢！"

　　樱井没有理会，而是直接开门坐进了鸣海的车后座：

　　"加濑夫人，绝对不要停车。拦车杆一升起，请一定全速开过去。"

　　他话音未落，警报声就已停止，拦车杆开始缓缓上抬。

　　"喂，我说……"鸣海回头去看车后座。

　　"请快开车。"

　　拦车杆完全立了起来。鸣海的小车还是和往常一样开得慢慢悠悠。看着鸣海一脸疑惑，樱井高声喊道："再开快一点！"

　　鸣海的右脚下意识地狠狠踩了下去。不以大马力见长的微型车引擎发出了呜呜的低吼声，飞速运转，三人一下子紧紧贴上了座椅靠背。

　　手拿西瓜造型雪糕的天野和立花明，从车前玻璃向左后方闪去。原本只有数秒时间，可在焦急的樱井眼中，一切都仿佛是慢动作一般。天野的视线一直不曾离开鸣海的小车，他松开了手里的雪糕。雪糕缓缓落向晒得发烫的沥青路面。立花明一脸不可思议地看着雪糕，天野却将她一把推到了马路中央。

只听"咚"的一声钝响，立花明的身体就摔在了汽车的前盖上。接着，她滚过窄窄的车前盖，脑袋狠狠地撞上了前挡风玻璃。"砰"的一声，无比真实。

惊慌失措的鸣海急忙踩下刹车，立花明的身体就像是被扔掉的布娃娃一般向前飞了出去，还滚了几圈。前挡风玻璃被撞出了小小的裂痕，上面还粘着黑色的头发和掉落的头皮。掉在雨刷上的西瓜雪糕，已经开始融化。

鸣海神情惊慌，僵直地握着方向盘。

天野缓缓走近立花明。她的左腿从膝盖以下向外撇去，和大腿形成了九十度角，头侧部和耳朵上方的骨头都陷了进去。血从体内慢慢渗了出来，越流越多，仿佛沥青的路面正在吸食她的血液一般。外星人的血，是像高级绒毯一样的鲜红色。

立花明以极其扭曲的姿势倒在路面上，充血的眼睛望向低头审视自己的天野："你太过分了吧。"

"怎么样？疼吗？"

"倒是不疼，就是动弹不得。"

"那可真糟糕。"天野说着，避开了快要流到自己鞋子上的血流。"你先回去吧。你看上去不太好，拖着这副身体也没办法和我们同行啊。"

"真是糟透了。完全就是壮志未酬身先死。你接下来怎么办？怎么找另一个人呢？"

"别担心，他就在那儿。"

天野话音刚落，背后就响起"砰"的关车门的声音。樱井和真治下了车。真治对上天野的视线，礼貌地行了一礼。

"辛苦了。"天野回道。

对向驶来的车辆和路过的行人看到有事故发生，都停了下来。净是些起哄看热闹的。樱井的车就停在了铁路道口前，堵了路，喇叭声此起彼伏，像是一场大合唱。周围瞬间吵闹起来。看客中有人大喊："有没有叫救护车啊？"樱井却顾不上理会那些。

"收获如何？"天野询问。

"收获满满。"真治回答。原本只剩一口气吊着的立花明闻言也有了精神，满脸是血地笑着追问："快说说你都收获了什么？"

"这家伙完全靠不上。咱们两个人的收获合在一起应该能完成任务。最近收到的都是些重复的概念。"天野说着用脚踢了踢立花明。侧面凑上来的一个中年女人见状脸色骤变，高声怒骂起来。天野毫不在意，继续说道："现在开报告会吗？"

"小真。"

真治听到自己的名字，回头去看，只见鸣海脸色惨白地站在那里："小真，我要怎么办？"

"谁啊？"天野问道。

"是我的向导。"

"哦。那不如和我们一起？"

鸣海知道天野和真治二人实际的年龄差和这两个外星人之间并无关系，可是二人言谈间却体现出一种上下级的关系，给人一种奇妙的感觉。

或许是因为看到肇事者全然忽视倒在一旁的被害者而心生愤怒，围观的路人中有几个人开始指挥起了全局。

警察和救护车还没有到。必须得在警察赶到之前解决掉这个烂摊子。樱井能想到的方法，只有一个"逃"字。他不希望自己和鸣海、真治中的任何一人身陷囹圄。

"你干什么啊！放开我！"

一个穿西装的男人和天野起了争执，他想从天野口中问出事情的经过。

"喂，樱井哥，帮帮忙啊。你可是我的向导呢！"

"噔噔噔"，铁路道口的警报器又响了起来，场面愈加混乱。

"你别着急。先生，您放开他吧。我是他的监护人。不好意思。"

西装男颇为不满地松开了手。天野整理了一下两件套起来穿的 T 恤，一脸纯真地向樱井走来。樱井却似乎看到，在少年的身后，有一个巨大的黑洞。

"天野，我这向导能不干了吗？"

天野停住了脚步："为什么？"

"嗯……最初只是觉得你很有趣，以为你不过是有妄想症罢了。可是现在看来，是我想错了。我没办法用语言来形容你们究竟是怎样一种存在。"

"叫我们外星人不是挺好的吗？"

"这世界上根本不存在外星人！"

也不应该存在外星人。

"外星人不是就在这儿嘛。"天野举起了双手。

"现在这个阶段，我们不能把战争当作新闻素材，同样，外星人就在眼前，我们也不能把它们写成新闻报道。加濑夫人，我很害怕会发生什么无法控制的事情。"

电车疾驰而过，卷起一阵风，拂过樱井汗淋淋的额头。听到眼前这个男人郑重其事地说着"外星人"这个词，围观的看客们都一脸不可思议地盯着他。樱井没有穿鞋，只穿了袜子站在那儿，看上去有些傻气。

"樱井哥，你是认真的吗？"

"我虽然很迷茫，但的确是认真的。"

樱井原本以为天野会制裁自己这个背叛者，可没想到他只是一个人嘟囔着："搞什么呀，现在才说不干了。"像是个深受打击、无精打采的孩子。樱井脱口回了一句"对不起啊"。他忽然意识到，自己和天野之间有了一种奇妙的亲密感。——原来，这些"外星人"也是人啊——脑中浮现出这么一个矛盾的念头，他好像有些理解鸣海的那些话了。

可天野马上又说："算了，也无所谓啦，反正一切都要结束了。"他似乎已经切换了情绪，转而充满敌意地望着樱井。樱井心生恐慌，只穿了袜子的双脚微微叉开，摆出防御的架势。

"天野，事到如今可别跟我说这是什么恶作剧，那我可就没脸见人了。加濑夫人，我没有疯。我说的也都不是玩笑话。必须有人认真去做那些事，才能揭开真相。我们就认真这一次可以吗？"

樱井虽是对着鸣海说的这一番话，可更像是在说服自己。他那满脸的诚挚，吸引了看客们的注意。

"天野，现在说这些可能有些晚，但我还是要告诉你——"

话到此处，樱井深吸了一口气，声嘶力竭地吼道。

"喂！外星人！你们的目的是什么？不管是什么，我、都不会、让你们、侵略、地球！"

樱井的呐喊回荡在这乡下小镇，显得异常廉价，只能换来一众看客们的哄然大笑。"你们笑个屁啊！"樱井知道，自己在众人眼中就是个重度中二病患者，疯狂又幼稚，可眼下也顾不上这许多，又接着豁出去似的大喊："外星人就要攻过来了！现在可不是人类自己打自己的时候啊！"

被堵在后面的汽车疯狂地按着喇叭，其间还夹杂着救护车的警笛声。樱井深感自己所做的一切皆是徒劳，浑身脱力，一屁股坐在了地上。天野走过来，似是夸奖地说了一句：

"你看得还挺透啊。"

说着也坐了下来，配合樱井刚刚的指控，举起双手，像哄小孩一样表演起外星人来："我们就是来侵略地球的。"

立花明已经失去了意识，天野将她的手也抓着举了起来。围观的人群中有几人见状，按住天野不再让他乱动，人群互相推搡，骂声漫天。天野的眼神依然没有从樱井身上移开，他压过现场的一片嘈杂声，高声宣布：

"我再说一遍。我们到此，是为了侵略地球。尔等之能力不及吾等分毫。一旦开战，转瞬即败。再见了，人类！奥特曼怕是堵车，赶不过来了！"

天野哈哈大笑，声音干涩，可马上又一脸无趣地收起了笑声："怎么？这不好笑吗？"

186

戏中众人皆是沉默，围观看客则全部张口结舌，一副呆样。鸣海暗想，现在自己回过头去是不是会看到一台摄影机，还会有个人拍板说一句"Cut"？

樱井缓缓站了起来，就站在天野面前：

"告诉我吧，天野。究竟什么才是真相！"

"认真对待这件事挺好的呀，不要觉得丢人。这么多年的和平日子，把你们都过成了呆子。"

救护车已经开到了事故现场外围，开着喇叭呼吁围观群众让出一条通道。樱井一见周围的看客开始散开，便抓起真治的手腕对鸣海耳语道：

"加濑夫人，我去开车，你也上车。速度要快。"

樱井抓着真治塞进了车后排，自己坐上了驾驶席。一确认鸣海也上了车，就点火慢慢移动。看客们发现肇事车辆想要逃逸，又开始群情激愤、大声叫嚷，樱井见机一脚油门踩了下去，车身"咣当"一声晃了一下。原来是人群过于拥挤，樱井没能完全避开立花明，从她的小腿上轧了过去。

"樱井哥！"

天野就像是个被父母遗弃的孩子般发出最后一声呼喊，那声音一直在萦绕在樱井耳边。

车子驶出了事故现场，樱井回头去看后排的两人。鸣海精疲力竭地瘫坐在那里。

"我们先开出城吧。刚刚的事故，你可以把责任推在我身上。"

鸣海没有理他。

"真治先生，刚刚为什么没有逃呢？那两个人不是你的同伴吗？"

"我没必要逃走。"

真治说着，握住了鸣海的手。

刚刚的事故有数不清的目击者，在警方出动之前必须得尽量逃得远一点，拖延时间。车子最好也要换一辆。同时间发生了太多的事情，樱井不知该从何处下手。

先是诱拐未成年人，接着又是肇事逃逸，总之，先逃吧。他需要时间来理清思路。

19

鸣海在车里睡了一觉，醒来后迷迷糊糊地想起了以前的事情。小时候，她和明日美或是母亲吵架了，就会赌气回房间睡觉去。第二天一起床，又可以像什么都没发生过一样和对方道一句"早上好"，心里还想着昨天的小事根本不值得一吵。前一天晚上还在被窝里琢磨着要如何进行反击，把自己全副武装起来，可睡了一觉就彻底变成了一个和平主义者，只有镜子里微肿的眼睛告诉自己昨天有多傻气。她无论遇到什么事，睡一觉起来就又可以活力满满，这种性格虽然令她获益颇多，可有时候也不免吐槽自己有些过于单纯。

窗外天色昏暗，鸣海直起身子看了看车上的电子表。已经晚上八点了。这是开到了什么地方呢？真治握着鸣海的手，还没有醒来。鸣海轻轻靠了过去，又沉沉地靠回了椅背。

"感觉怎么样？"

樱井瞥了一眼后视镜，问道。

"怎么可能会好。"

鸣海想起了粘在前挡风玻璃上的黑发，打了个冷战。玻璃上的裂痕仍在，头发不知何时已经飘走了。

"那个女孩是外星人。所以你并没有杀人。"

"你还真是能轻描淡写地说出口。车里还有一个外星人呢。"

"哈哈，确实。不过真治先生还有另外一个身份，就是你的丈夫。你刚刚睡着的时候，我们稍微聊了聊。他果然和其他两个人不一样。看起来你把他驯化得很成功啊。"

"他才不是宠物。"

话虽这么说，鸣海心里却有些窃喜。同时，又开始担心起那个女孩的生死来。

真治微微动了一动，醒了过来："唔，我还真是睡了挺久呢。啊，肚子饿了。"

鸣海看向后视镜，正好对上樱井的视线，两人都是一脸惊讶，随即相视一笑。

"要不要先找个便利店？"

樱井话音未落，猛地向左一打方向盘。鸣海和真治因为离心力被甩向了右边。"怎么了？"鸣海用手肘撑着身体问道。

"有警察路检。抱歉，虽然他们可能还没有接到逮捕我们的消息，但以防万一，还是避一避为好。何况挡风玻璃上还有出过车祸的痕迹，确实会引人怀疑。"

"你打算去哪儿？"

"我有一个信得过的朋友，先去他那里，不过路程有些远。"

我们会变成什么样子呢？鸣海靠着车门，稍稍隔开一段距离望着真治。路灯橘色的灯光有规律地在真治的侧颜掠过。鸣海心生怀念，似是很久前便看过这样的场景。人在最开心的时候，有时会感觉眼前看到的场景似曾相识。不知为何，鸣海现在就有这种感受。可明明现在一点都不开心。

汽车驶进了一家加油站，樱井下车麻利地自助加油。鸣海很不擅长这项工作，不禁对樱井略多了一些尊敬。加油站规模挺大，还附设便利店，即使现在天色已晚，依旧人来人往，灯光如昼，繁华热闹。鸣海害怕过往行人将视线落在自己身上。她是肇事逃逸的罪犯，旁边还坐着一个外星人丈夫。她感觉这车子就像是一个牢笼，自己则是笼内供人观赏取乐的稀罕玩意儿。

　　櫻井依然承担着看守牢笼和投喂饲料的工作，他提着便利店的袋子回到车内，袋中是几盒便当。"我们走吧。"

　　车内静得出奇，只能听到轮胎和路面摩擦的声音，像是地震时的地鸣。三人各自望向窗外，盯着那一片黑暗，思考着今后的出路。

　　便利店的便当积在胃里，压得櫻井的眼皮越来越沉。今天他确实是太累了。

　　"我替你开一会儿吧。"

　　看到櫻井没有回应自己的提议，鸣海又补充道："我们不会逃走的。"

　　"没关系，那，我们要不要到那边去睡一觉？"

　　櫻井指着山脚下那一片霓虹闪烁的情人旅馆，笑着继续道："你别误会。住在那儿既不会留下踪迹被警方查到，价格也便宜。我们进去就只是睡一觉而已。"

　　櫻井故意挑选了一家九十年代流行的城堡样式的情人旅馆。他一转方向盘，向着海草一样的旅店门帘开去："现在居然还有这样的旅店啊。"

　　櫻井将选择权交给了鸣海，她从三间空房中选了最便宜的一间。毕竟是櫻井付钱，她不好选得太贵。

　　櫻井伸手去拿钥匙，柜台里的中年女性却说不能三人同时入住。他费尽口舌请店家行个方便，对方态度冷淡，就是不肯松口。樱井没力气和服务员继续纠缠，决定索性到车上去眯一觉。鸣海见状提议不如自己回车上休息，樱井不肯——两个男人去情人旅馆开房着实有些诡异，何况对方还是个外星人。

樱井转身向停车场走去，将鸣海二人留在了昏暗的旅馆大厅。他返回车旁点了支烟，又叼着烟到马路上闲晃。走着走着突然踩到一颗石子，这才想起自己没有穿鞋。难道他就这样光着脚又是加油又是去便利店买东西？他像稻草人一样单脚站立，心中自嘲：这一天过得还真是紧张兮兮、晕头转向。

他想起来刚刚只穿着袜子去踩油门的时候确实感觉不太对劲，可之后便适应了，不禁心生感叹：人啊，还真是不管遇到什么情况都能马上习惯。"从什么时候起我居然担心起整个地球的命运来了？"樱井嘴里嘟囔着，随手将烟蒂扔在地上，还差点伸脚过去碾一碾。他那双鞋究竟哪儿去了？

樱井的手机响了一声，是之前收到他发过去的外星人资料的那位朋友发来了短信。

"哥们儿，辛苦了。我怎么记得你是搞纪实文学创作的来着？算了，无所谓。先不管这事是真是假，它确实有点意思。你什么时候回东京？回来了跟我详细聊聊呗。"

　　樱井脑中出现这样一幅画面：自己消失的那双鞋就在一栋高楼的楼顶边缘整整齐齐地摆着。人从高楼一跃而下，会把鞋子留在楼顶。他觉得自己现在就和那些跳楼的人一样，整个人都坠入了虚构的世界，只余一双鞋留在了现实之中。他想起自己初遇真治的时候，那个外星人也是光着脚站在路边。

　　樱井又想起天野曾对自己说："这么多年的和平日子，把你们都过成了呆子。"如果这是侵略者赠予向导的真诚忠告，那至少现在还不是他穿鞋子的时候。在国民还呆呆傻傻、搞不清状况时，这个国家的政府发动了战争，同样，外星人要统治地球，也根本没有经过全体国民的同意。可外星人会有耐心等待这个国家的国民爆发底层革命吗？

　　樱井返回车中，放倒座椅。他想要打个盹，却又十分清醒，于是打开了车内的广播。刚巧播的就是他肇事逃逸的案子。新闻评论员侃侃而谈，称嫌疑人在逃逸前曾在肇事现场高声叫嚷，内容匪夷所思，听得人云里雾里。樱井闻言失声大笑："我说的那些可真都是性命攸关的大事呢。"看来要取得全体国民的同意，着实困难。

　　新闻速报接着又简短汇报了一番战争的进展。樱井关掉了广播。车内不一会儿就变得闷热起来，他打开车窗，果不其然飞进了蚊子。这车里还真是没法睡了。

　　樱井心里盘算着，明天要给自己东京的那位朋友回个电话。

　　"我们来谈谈吧！请问你会和我一起想办法拯救地球吗？"

　　丢了鞋子的樱井，在虚构的世界中东奔西走。

　　——自己的力量也许弱小如耳边不时掠过的蚊蚋，可也总能做出些什么来。外星人的大部队何时会来到地球呢？下周？一年后？还是根本不会来？譬如这次的三个人只是单纯来地球调查一番而已，或许他们只是小学生，想趁着暑假搞一番自由研究罢了。研究的课题就是"地球上的固有概念调查"。若果真如此，那着实好笑。

　　可若外星人大军集结而来终究无法避免，人类首先要做的便是迎敌准备。现在真的不是自己打自己的时候。地球各国应该团结一心，抵抗外星生命来袭。哎，这不完全就是虚构类小说的套路嘛，行不通行不通。哪怕是日本首相开着战斗机出去迎战，也起不了多大作用。

　　樱井耳边又响起天野的那句话："认真对待这件事挺好的呀，不要觉得丢人。"

　　没错。他已经决定了要做当代的堂吉诃德。不会再嘻嘻哈哈蒙混过去当一个逃兵。他要认真想一想，应该如何去防御外星人的进攻。

　　虽然鸣海明确告诉过车内禁烟，樱井还是点了一支抽起来。他心情郁郁地思考着这一桩桩匪夷所思的事件，烟灰一点点飘落下来。

"啊！"

樱井忽然轻呼一声——他想到了一桩趣事，一个可以令地球团结一心的方法。

何不让外星人将那些可以引发战争的概念都夺走呢？让外星人在众人面前演讲，不，让他们通过电视、广播、网络，夺走国家、财产、宗教、人种这些概念。可万一人类丢了这些概念后，连"团结"都做不到了呢？樱井想象不出人类那时会变得如何，可境况总要好过被外星人侵略吧？站在外星人的角度看来，国与国之间的战争就是地球人之间的内讧，也差不多该是时候结束了。真治先生会帮忙吗？如果这个方案成功了，事情就有趣了。

……不对，即便外表再像人类，加濑真治依然是个外星人。他不可能帮助地球人去对抗外星人的入侵。可他如果至少能够帮忙证明外星人的存在，也能扭转当前局面。

樱井扔了烟蒂，关上车窗。

"这天还真热啊。"

疲惫的身躯躺倒在硬邦邦的座椅上，樱井坠入梦中。原本飘在空中的蚊子，得意扬扬地落在了他的脸颊上。

　　那家情人旅馆陷入背后巨峰黑沉沉的剪影中。四周没有民居，只有几间农家的仓库。虫声清越，此起彼伏。

　　有两台车在旅馆门前停了下来。数名男子下车直奔停车场，手里的手电不停去照各辆车的车牌。不一会儿，几束手电的光纷纷集中到鸣海的那辆本田车上。

　　路边一辆卡车驶过，车前灯打在那两台停在旅店门口的车上——是警车。

20

　　一进房门，那长年累月渗进墙面的烟臭味便扑鼻而来，呛得鸣海皱起了眉头。

　　真治坐在屋中的大床上，直接躺了下去。

　　鸣海念叨了一句"先把鞋脱了"，伸手去按床头上的照明开关。屋中昏暗的灯光惹得她心烦。可等她把灯全都打开，光线依然暗淡。昏暗的灯光非但没能遮掩住屋内陈旧的装潢，反倒更显压抑。

　　"我先去冲个澡好吗？"

　　在家的时候，鸣海也会这样说，可同一句话换了不同的场景，含义可是大有不同。鸣海本打算换个说法，可又觉得麻烦，便不再多言。她现在可没打算和真治上床。

　　鸣海与真治穿着旅馆内硬邦邦的毛巾质地的浴袍,在床上看起了电视。电视机有年头了,显示器的画面有些褪色,里面播放着一档综艺节目。二人看得兴致缺缺,只有真治偶尔哼笑一声。真治枕着鸣海的大腿,由于没有浴袍遮挡,他每次动一动脑袋,下巴的胡茬就扎得鸣海肉疼。

　　"如果发现丈夫是外星人,应该和谁去商量对策呢?"

　　"嗯……去找 NASA ?"

　　"那我得给他们打个电话。"

　　真治闻言仰头看她,脑袋刚一转,鸣海就动了动腿换了个舒服的姿势。

　　"你胡茬扎人呢。"

　　"对不起,之前没告诉你我们要侵略地球。"

　　"你这番自白留着和大人物去说吧。我只是个家庭主妇。"鸣海笑着回道,也顺势躺了下来。

　　二人躺在一起,仰面望着屋顶。

　　真治继续道:"我马上就要回去了。谢谢你这段日子的照顾。"

　　"别说了。"

　　"其实,我一想到地球要遭到入侵,不知为何,唯独对你牵肠挂肚、担心不已。"

　　"那你便留下来。"

　　"不行啊。"

"那我和你一起回去。"

"那就更不行了。"

"那怎么办？就这样说再见吗？"

"不，我在想，还能不能想办法做点什么。"

"你想侵略地球吗？"

"嗯……还好。"

"什么叫还好……"

电视中突然应景地传来一阵笑声。二人原本是想道别，不知何时起对话就偏离了主题。这时候自然没人有心思看嘻嘻哈哈的综艺，可若关了电视，气氛怕是会压抑得让人喘不过气来。屋内无窗、昏暗，宛如牢狱一般，这台电视便是唯一一扇与外界相连的窗口，然而电视里的节目和这间屋子别无二致，都让人体会不到一丝现实感。

鸣海一直盯着天花板上的污渍，恍惚中感觉有什么东西在溶化。

"喂，小真。真治究竟是什么？"

"是一个人类。"

"不是外星人吗？"

"我凌驾于真治之上，完整继承、使用了真治体内积攒的信息。如此看来，我便是真治。若非如此，我也不会这般在意你。"真治直起上身，端坐而答。

自从意识到自己将要离开地球、回到来处，真治心中便起了一些变化，他对此困惑不解。

"我与这具身体中的记忆逐渐融合。那些记忆原本只是我脑中的数据，可慢慢地，它们成为了我的亲身经历，我享受这些体验。正因如此，在和你追忆往事的时候，才会发自真心地笑起来。"

"嗯。所以，即使你性格大变，我也一直都认为你就是真治。不过说实话，我更喜欢现在的真治。"

"没错，你说得很对。我也喜欢你。不，不是喜欢，是一种近似于喜欢的情感。"

真治想要努力寻找到一个合适的单词来表达自己的感受，可他的脑中对于这个概念却只有一片黑暗，如黑洞一般，没有丝毫光亮。他没有办法用语言描述这种情感，不由得焦躁起来。

"对了，小真，你夺走过'爱'这个概念吗？"

"啊，'爱'啊，我还挺在意这个概念的，可是大家似乎都没有办法描述它。为什么会这样呢？"

鸣海忍不住笑了起来，真治一脸不解地看着她。

"因为大家听到有人问自己这种事情，会害羞啊。"

"为什么要害羞？"

"就是会害羞呀。因为大家啊，只有在谁也看不见的地方，才会谈起这个概念。"

"原来如此。"

鸣海心中暗笑：一对恋人正儿八经地讨论"爱"这个概念，也是挺吓人的。

她在床上与真治相对而坐，继续说道："你心里一定是有那种感情的。它的存在与否，其实与语言无关。不过你现在没有办法将那种情感翻译为语言，因为，你没有掠夺过那个概念。"鸣海像模像样地解释了一通，好像这是只有她一人知晓的秘密。

"原来如此。照此说来，这个概念果然十分重要吗？"

"没错，而且我觉得，你的外星人同伴一定也没有得到这个概念。"

"真的吗？那我在返回之前一定要把它拿到手。"真治兴奋地从床上站了起来，鸣海随着床垫里的弹簧一起晃了一晃。

"你拿不到的。路边偶遇的那些陌生人绝对没有办法告诉你这个概念。"

鸣海挺了挺自己单薄的胸膛，似是故意刁难般继续说道：

"能想象出那个概念的，只有我……你需要从我这里夺走'爱'这个概念。"

鸣海早就知道掠夺概念是怎样一回事，可她却觉得自己的这个主意还不错。她的心脏怦怦直跳，一时间也判断不出是因为恐惧还是因为快乐。

"这不行。我不从向导那里掠夺概念。"

"现在只有我能帮你想象那个概念。"

只这一点，鸣海极有自信。

"为什么？"

"你把它拿走之后就明白了。"

真治迷惑不解——世间还有如此私人的概念吗？他很感谢鸣海的提议，可却并不打算从向导那里掠夺概念，张口拒绝道："还是不行。"

"听话好吗！"鸣海的口气像是在训斥挑食的孩子——你吃了便会知道，它真的很好吃。"我想要你知道，想要你在回去之前知道爱究竟是什么。"

如果你从不知晓什么是爱，那我在你心中也只是个待你亲切的普通女人罢了。

"你这是为什么啊？"

"别问了，快点动手吧！你不是要死了吗？你不是要回到自己的星球吗？我的方法多好，一箭双雕。你从我这里拿走了'爱'，便能了解自己的心情和我的心情。而我也不会再因你的离开而悲伤难过，因为我不知道什么是爱了呀。这难道不是最棒的结局吗？"

在鸣海心中，这也是她最不后悔的结局，她不希望自己只能无助地目送真治离开。

"我不知道这究竟对不对。"

真治能感受到鸣海的认真，可却不明白她在说些什么。

"别问了，快点动手吧。我已经准备好了。不需要对话也不需要提问。这种感情与语言无关。"

"不行。"

"求你了。"鸣海态度强势，似是想要盖过真治的那句拒绝。

不知何时，二人如新婚之夜的夫妇一般，面对面跪坐在了那张旧床上。在间接照明投射的茶色光线下，二人交谈时晃动的影子，宛如摇曳的烛火。

"我知道了。你准备好了吗?"真治意识到自己无法说服鸣海，便不再坚持。

"准备好了。你把它拿走后便赶快回去吧。"

鸣海感觉得到自己的声音在发抖。电视机明明还开着，她却听不到一点声音。电视里已经换成了新闻节目，播报的依然是战争的消息。真治不知当下该做些什么才好，鸣海则是首先拢了拢敞开的浴袍。

真治也整理了仪容，端坐道："我知道了。"

鸣海曾说过"你拿走之后便了解了"，他决定相信鸣海的判断。

丧失了"爱"的概念。

我会变成什么样子呢？

鸣海回过神来，发现自己已泪流满面。泪珠扑簌簌地从脸颊滑落。

"怎么了？鸣海？我还没有开始呢，鸣海？"

真治不知鸣海为何流泪。眼下的他，就像是一个在哇哇大哭的孩子面前慌慌张张、无所适从的父亲。

"哈哈，我是害怕呢。总觉得被夺走概念有些吓人。好啦，你快些开始吧。"

鸣海勉强做出副笑脸，可眼泪却依然止不住地流下来。

她很难过，原因很多，即将失去真治是其中一个。还包括她对真治的爱情、她与真治的过往都将变作一条条干巴巴、冷冰冰的信息，以及她今后将再无法用语言描述出"爱"这种情感。

"那我开始了？"

"赶紧的。"

拜托你快些动手，我的脑海中，现在满满的全是爱。

"谢谢。那我便收下了。"

收下概念的一瞬间，真治的心中突然产生了某种感觉，这种感觉迅速蔓延，转眼间便吞噬了他的全身。它充满了真治的每一寸肌肤与血管，甚至开始外溢。"这是什么?"真治迷茫,却无暇思考,庞大的影像信息如走马灯般在他的脑中旋转。真治一生中所有的记忆,都染上了艳丽的色彩,闪闪发光。因为获得了这个概念,他脑中所有的记忆都获得了更新升级。他眼中看到的一切都呈现出原本生机勃勃的状态,他感受到的世界与之前迥然不同。不仅如此,真治也终于理解了自己的感情。

——鸣海。

鸣海面有惧色,向后退去。真治缓缓地向她伸出了手,鸣海脑中混乱,突然高声尖叫,形容疯癫。

"啊啊啊!"

"结束了!已经结束了!"

原本因悲伤而淌下的泪,已经变为因失去概念而落下的泪水。真治紧紧拥住癫狂的鸣海,安慰道:"已经结束了。"

"什么?"

"结束了……已经结束了……谢谢。"

结束了?鸣海一下子泄了气,瘫坐下来。

"咦?我失去了什么?"

"是'爱'。"

"我知道'爱'啊。"

"你只是知道'爱'这个单词而已。我现在明白了,我夺走了你最宝贵的东西。"

真治还知道，这一切已无法挽回。

"原来如此。不过，没关系。我居然心里还挺平静的。哈哈。"

看着鸣海的笑脸，真治的心却瞬间寒冷如石——鸣海感觉不到自己丢失的东西有多宝贵。

真治摆出一副下跪谢罪的姿势，将头深深埋进床中，鸣海轻轻抚摸着他的脑袋，似是原谅了他的作为。

"小真。"

原来她呼唤自己时是这样的声音，原来她便是用这样的手指碰触自己，原来她哭累了是这样的表情——真治突然意识到自己从不曾注意到这些。身体瞬间如坠千斤。他第一次感受到自己身体的存在。身体在告诉他，他很疼。自己今后究竟会变成什么样子？所有的感官都在向自己传达些什么，这些东西已经不再是之前那种冷冰冰的数据信息。他能感受到温热的呼吸、体温和脉搏。

他能感受到，鸣海就在那里。

他身上的每一个细胞都能感受到鸣海的存在。那是一种任何事物都无法取代的存在。她现在也能感受到他的存在吗？不，她一定也和过去的他一般，再也感受不到了。

他的爱意，她不会了解。他没办法告诉鸣海，她曾经也对自己有着一样的感情。世间怎么会有如此荒唐之事！最终两个人都变得不再完整。真治在心中无声地呐喊。

"喂，小真，明明被留下来的是我呀。"

深深的绝望袭上真治心头。

他究竟是什么？他原本可以用这两周工作积累起的信息逻辑严谨、条理清晰地回答这个问题，可现在仅仅多了一个概念，之前的一切全都变了模样。就连屋中被烟油熏得昏黄的壁纸、晃起来吱吱作响的双人床，真治都可以感受到它们的温暖。这间四面无窗的屋子，就如同子宫一般将二人包覆其中。他若走出了这个房门，便会遇到一个崭新的世界吧。一个和之前全然不同的世界。因为他已重获新生。

自己真的是一个外星人吗？

他已经没办法回答了。

"鸣海，我应该能做些什么吧？"

鸣海没有理会再次敞开的浴袍，只是呆呆地盯着真治。她似乎要溶化在这凝滞的空气中，真治轻轻拥住了她。

"那我再多留一会儿吧，留在你身边。"

"可以啊。"

我会留在你身边。你失去的东西，我来想办法弥补。

颊边的泪已经干了，鸣海不好意思地擦了擦泪痕，微微一笑。真治也笑了起来，这是两个星期以来，他第一次做出一个像人类一样的、自然的笑脸。

"咚咚咚"，有人在小声敲门。似乎是这个世界在呼唤真治快些出去。

开门一看，外面是樱井。

"我们快逃吧，恐怕警察已经找过来了。"

"现在没必要逃了。"

"为什么？"

真治转头看向坐在床边的鸣海。

鸣海平和地回应道："他说的没错。"

樱井着急催促道："拜托了。赶快收拾收拾吧。"

真治望着樱井的眼睛，安抚道："你冷静一下。"

樱井似乎也发现了真治的变化："真治先生？"

"我不会再逃了。我啊，有话要对你们说。"

解　说

　　我很喜欢前川老师的话剧，总是会去现场看演出。他的剧本中基本上不会一开始便出现什么惊天动地的大事件，只是描述带有忧郁气息的日常生活。然而就在这平淡中，突然发生了一件异想天开的事件，有一个人物身上发生了天翻地覆的变化，其他众人不停抱怨，渐渐也被卷入事件之中，最后，我们拼命紧抓不放的所有东西都层层剥落，通往新纪元的大门随之打开……这是我个人对前川老师作品的理解，我每一次在演出现场，都会随着剧情而惊讶，而爆笑，而深深感动。更令人惊奇的是，所有的一切都是在舞台上完成的。也许是因为集齐了精彩的剧本、充满个人魅力的演员与才华横溢的导演，才能呈现出如此精彩的舞台表演吧。"从日常生活走入新次元"——这口号写起来容易，可做起来着实困难。舞台话剧原本体现的就是日常生活，观众们也无法离开剧场一步，又该如何引导他们进入一个新的次元呢？这需要惊世之才。

　　我最近将前川老师的《散步的侵略者》改编成了电影。电影与话剧是完全不同的表现形式。首先，对于电影而言，拍摄日常生活非常简单。朝着某个街角架一台摄影机，就能拍出人人熟知的日常生活场景。此外，拍摄脱离日常生活的场景也十分容易。电影可以利用剪辑技术，一个男人上一个镜头还路过街角，下一个镜头就突然出现在了深山老林，任谁看到这样的片段，都能立刻领悟到这个男人是飞到了一个奇怪的地方。我举这个例子，并不是想要说明电影有多么了不起。在电影中，无论如何去描述摆脱日常生活、进入崭新次元的场景，都是那几种老一套的技术手段，既不有趣，也不稀奇。或许……这只是我的个人想法……一部电影拍摄成功与否的关键，是能够多大程度用摄影机捕捉到日常生活中那些被人忽视的、却又抓人心弦的瞬间，或者是在那些提心吊胆、紧张刺激的科幻场景中，能加入多少令人自然而然产生共鸣的日常元素。

　　那小说又如何体现日常性与新次元呢？我最开始接触《散步的侵略者》，是它的小说。阅读的时候，还没有看过 IKIUME 剧团的话剧版《散步的侵略者》，没有任何的预备知识。我深切地体悟到，文字的表现力强于其他一切艺术形式。只要拥有才能和耐力，一提笔，就没有作家们写不出的场景。而且，当从事话剧、电影工作的人有机会提笔写小说的时候，他们往往就会写出一些很难在话剧舞台和电影中表现的东西来。其中最难表现的便是人的内心。无论是话剧还是电影，最多只能引导观众想象登场人物的内心世界，而无法直接描述出来。当然，莎士比亚式的台词、电影中的旁白，也是可以讲述出人物内心的声音，但那些终究只是一种对人物心境的说明，并不是直接描述人物的内心。

总之，小说可以将人物的内心作为整个故事的主体，小说版《散步的侵略者》也是如此。文中用了最多的笔墨来描写主人公加濑鸣海的内心活动。例如，鸣海在称呼丈夫真治为"小真"时，内心经历的那一番纠结，真是既有趣又感人。这便是小说的力量。顺带一提，在拍摄电影时，我犹豫了很久，最终还是放弃了鸣海喊真治"小真"时的场景。并不是没办法拍出来，只不过要颇费些功夫，那一个片段几乎抵得上一部完整的电影。

这本小说还有一个特点，就是很多地方都鲜明生动地描写了鸣海的内心状态。例如"啊，真是烦死了""哈……""啊，真麻烦""算了算了"等。这些心理活动体现的都是她内心"绝望"的状态。这样解说是不是太过夸张？我却不觉如此。鸣海内心绝望的证据，就是文中多次出现的另一个单词——战争。小说中处处都营造出一种氛围，那就是战争，而且是世界战争爆发了。虽然文中没有具体描写战争的片段，可一路通读下来，时不时便会遇到"战争"二字，令人倏地脊背发寒，下意识地念叨着"啊，真是烦死了"。文字的力量真的厉害极了。而前川老师能够自由地操控这些文字，他的写作才能也真是令人惊叹不已。

鸣海的绝望最后何去何从，大家读完之后自会知晓。这里我想要再解释一点，这本小说中的一个关键点与电影有着极深的关联，它与话剧、文学都不具备这种联系。那便是少年天野对记者樱井说的那一句台词："我们要侵略地球。外星人不都会这么干嘛。"诸位读者朋友看到这句台词，心里有何感受呢？这本小说属于侵略题材的科幻作品，这句台词恰恰鲜明地表达了这一点。读者朋友们是否能够接受"外星人会侵略地球"这种观点呢？想要顺利接受这种观点，你必须对侵略题材的科幻作品有一定的了解。侵略题材的科幻作品虽然也有很多小说，但为大部分人所熟知还是依靠电影的宣传。

第一部侵略题材的科幻作品是赫伯特·乔治·威尔斯的《宇宙战争》①。小说于 1898 年出版，当时，电影技

---

① 《宇宙战争》为 *The War of the Worlds* 的日本译名，见后文。该小说中译名有《世界之战》《星际战争》《大战火星人》等。——编者

术刚刚诞生 3 年（1895 年诞生）。也就是说，侵略题材的科幻作品与电影技术共同成为可以代表 20 世纪的艺术领域，威尔斯的预言得到了印证，小说出版后果然爆发了两次大规模的世界战争（《宇宙战争》英文原题为 *The War of the Worlds*，即世界与世界的战争），电影技术与两次世界大战关联颇深，因此得到迅速普及，在二战之后迎来了全盛时期。20 世纪 50 年代爆发了美苏核冷战与红色恐慌，70 年代爆发越南战争，90 年代爆发海湾战争，因此，出现了无数隐喻这些战争的侵略题材科幻电影（主要为美国电影）。侵略题材的科幻作品中，电影的数量要远远超越小说的数量。总之，战争、电影、侵略题材的科幻作品这三者间具有剪不断的孽缘，共同构成了 20 世纪的消极氛围。鸣海的绝望正是来源于此。

现在是 2017 年，人类已经迈入了 21 世纪。这 21 世纪会变成什么样呢？会和上个世纪有什么不同吗？如果有所不同，那么，侵略题材科幻作品所描述的氛围就应该更加浓郁，更加不可预测。《散步的侵略者》无疑可以称得上是一部写给 21 世纪的、预言性的侵略题材科幻作品了。

黑泽清